AF366371

LES PIPEVRS

OV LES

FEMMES COQVETTES

COMEDIE.

A PARIS,

Chez PIERRE BIEN-FAITS,
au Palais.

M. DC. LXXI.

ACTEVRS.

FLAVIO, Mary de Flavie.

FLAVIE, Femme de Flavio.

AYME'E, ſervante de Flavie & épionne de Flavio.

DOCILE, Oncle de Flavie.

SAINTE, Hermine niéce de Docile.

SAINTE HELENE, ſœur de Ste. Hermine.

AMYNTHE, Amie de Flavio.

DVBOCAGE, Pipeur.

DVMANOIR, Pipeur.

CRISPIN, Valet de Flavio.

COLIN, Païſan & Laquais de Flavie.

DAM'ANNE, Cuiſiniere.

La Scene eſt à Paris dans la Sale de Flavio & de Flavie.

LES PIPEVRS
OV LES
FEMMES COQVETTES.

COMEDIE.

ACTE PREMIER.
SCENE PREMIERE.

FLAVIE , AYME'E *tenant bocasse.*

FLAVIE.

Boccasse apparemment te met de belle humeur,

AYME'E.

L'avez-vous leû

FLAVIE.

Bocasse ! hé je le sçay par cœur,

Il t'émeut ,

A 6

LES PIPEVRS

AYME'E.

Oüy, ie fens que le Rouge me monte,
La plûpart des maris en ont là pour leur conte,
Ie voy pour les coëffer que l'on n'épargne rien,

FLAVIE.

Ce font des animaux qui le meritent bien ;
A quelle heure le Bal.

VYME'E.

A dix heures Madame

FLAVIE.

Aymée ! hé que demain nous ayons cette femme,
Rien n'eft plus naturel que le Blanc quelle fait
C'eft vn éclat fi grand,

AYME'E.

On le dit en effet,
Mais vendre dix Loüys chaque pot quelle porte,

FLAVIE.

Quelle le vende vingt Aymée il ne m'importe ;
Moquons-nous des Loüys quand mon oncle en a
tant
Qu'Aymée aille le voir, c'eft de l'argent contant.

AYME'E.

Ma foy dépuis vn temps lorfque i'y vay ie tremble
Nous allons à la charge vn peu dru ce me femble,
Car dans ce dernier mois ie contois aujourd'huy
Que nous auons tiré deux mille franc de luy,
Qui ne nous ont duré que comme feu de paille
De tout cét argent-là ; vous en faite gogaille :
Et l'Ingenu devot s'imagine fouvent
Que vous voulez peut-eftre en fonder vn Couvent,
Et qu'aux pauvres honteux vous en faites largeffes
Comme il vous croit devotte il a cette foibleffe.

FLAVIE.

Deuote !

A Y M E'E.

C'eſt par là que i'ay ſçeu l'attraper
Nul ne le croit que moy ie puis bien le tromper,
Comme en tout mes diſcours il me croit veritable
Ie vous dépeins vn Ange & vôtre Epoux vn Diable,
Tout paiſible qu'il eſt car depuis quelque temps
Il eſt bien reuenu de ces emportemens.

F L A V I E.

Oüy ! quoy qu'Italien il s'eſt fait à la mode,

A Y M E'E.

Il eſtoit mal-heureux s'il n'euſt eſté commode;
Il ne briſera pas le conjugal lien
Il ſouffre tout, voit tout, & ne ſe plaint de rien.

F L A V I E.

Ce n'eſt plus le lien de l'amour qui le lie.

A Y M E'E.

Mais envoyer Criſpin expres en Italie.
Pour tirer de ſa mere vn riche diamant ,
Et pour vous le donner , c'eſt faire encor l'amant:
Pour vous laiſſer plus libre il eſt à la Campagne
Ou ſans doute il bâtit des châteaux en Eſpagne,
Et peur vous plaire enfin il baiſeroit vos pas
Il vous ayme ſi fort ,

F L A V I E.

Moy ie ne l'ayme pas.

A Y M E'E.

Ie vous crois ſans jurer ,

F L A V I E.

Ne m'en rompt plus la teſte
Vne femme peut-elle aymer ſon mary ! beſte,
Il faudroit eſtre cruche ,

A Y M E'E.

Hé ! ie le ſçay fort bien
Ie parle auſſi fort bien par forme d'entretien.

FLAVIE.

Mon oncle est l'homme seul qui nous est necessaire,

AYMEE.

Pour attraper son bien ie fais ce qu'il faut faire ;
Si quelqu'vn l'instruisoit de vos déportemens
Nous verrions vous & moy d'étranges changemens,
Ou bien si quelque jour il venoit vous surprendre
Dans tout c'est attirail pour moy ie m'y roit pendre ;
Car bien que vous soyez assez de qualitez
Pour estre du bel air, il croit en verité ,
Quand ie parle de vous de l'air dont ie vous prosne
Que tout vostre soin n'est que de faire l'aumône ;
Que vous fuyez le monde & ces déreglemens
Que tous vos habits sont des simples vestemens,
Dans sa chambre il me tourme & devant & derriere
Mais aussi ie me met tout comme vne Tourriere ,
Vous , qu'il croit vne Sainte au moins dépuis quatte
        ans.
S'il vous voyoit des Points , des Mouches, des Ru-
        bans ,
Aprés s'estre informez de toutes nos affaires
Ie serois tout au moins condamné aux Galeres ,
Vous entre quatre murs pour tous, frape-t'on pas.

FLAVIE.

Regarde à la fenêtre, & voy , qui c'est

AYMEE *ayant regardé.*

C'est vostre Oncle ,   Helas?

FLAVIE.

        La folle avec sa baliuerne

AYMEE.

Point Madame c'est luy ie connois sa lanterne,

FLAVIE *étonnée.*

Mon Oncle ,

AYMEE.

        Oüy c'est luy ie ne me raille pas.

FLAVIE *oſtant ſes Con., & ſes Mou-*
ches, ce mettant une échar-
pe ſur la teſte.

Qu'on n'ouvre pas ſi-toſt,

AYME'E.

Mais Dam'Anne eſt la bas,
Elle a ie penſe ouvert,

FLAVIE.

Ma cappe donc ſois prompte
Qui l'améne ſi tard, luy

AYME'E.

Ie l'entends qui monte.

SCENE II.

DOCILE, COLIN, FLAVIE, AYME'E.

DOCILE *avec une petite lanterne.*

BOn ſoir ma Niéce,

FLAVIE *faiſant la Bigotte.*
Helas ! mon oncle quel bon-heur
Quelle joye, il m'en prend un battement de cœur.

AYME'E *faiſant auſſi la Bigotte.*
Monſieur Docile joy, quelle réjoüyſſance,

FLAVIE.

Qui peut me procurer voſtre chere preſence,
Mon bon oncle, & ſi tard ?

A iiij

DOCILE.
                    Ie vay à S. Martin
Et comme il eſt beſoin que j'y ſoit du matin,
I'y couche cette nuit , & c'eſt pour vn affaire
Où quelqu'vn a jugé que i'eſtoit neceſſaire,
Ie me preparois bien à voſtre eſtonnement,
          FLAVIE.
Vous ne ſortez iamais,
          DOCILE.
                    Ie ſors mais rarement,
Hé bien, comment vous va toûjours dans la ſouf-
    france
          FLAVIE.
Oüy mon oncle, toûjours,mais ie prends patience.
          DOCILE.
Le mal-heureux mary , dans vos afflictions
Redoublez s'il ce peut vos bonnes actions ;
Continuez-vous pas vos actes charitables ,
          FLAVIE.
Autant que ie le puis i'ay ſoins des miſerables.
          DOCILE.
C'eſt bien fait, vous ſçauez que mon bien eſt pour
    vous
Et que i'en veux fruſtrer voſtre facheux époux.
          FLAVIE.
Ie le ſçay mais du bien mon oncle en ay ie affaire
Que pour des mal-heureux ſoulager la miſere.
          DOCILE.
Et l'argent d'avant hier ſert il à les ayder
          FLAVIE.
Les mille francs qu'Aymée alla vous demander.
          DOCILE.
Oüy,

F L A V I E.
I'en ay fait mon oncle vn heureux mariage

A Y M E'E.
Vn iour plutard la fille alloit faire naufrage.

D O C I L E.
En ces oecafions n'épargné point mon bien ,
Ce feroit negliger ton falut & le mien ;
Des autres mille franc qu'en as-tu fait ma fille,
Dy moy ,

F L A V I E.
I'en reveftit vne pauvre famille.

A Y M E'E.
Ils eftoient treize ,

F L A V I E.
Auffi m'en coufta-t'il bien plus
Tous unds comme la main,

A Y M E'E.
Il faut veftir les nuds.

D O C I L E.
Ie m'inqu'iette peu de ce que font les autres
Et ie ne veux fçauoir d'affaire que les voftres,
Aymée affez fouvent vient m'informer auffi
Et du bien & du mal qui fe pratique icy,
Mais i'apprends à regret toûjours plainte fur plainte
Quel livre ay ie veu là,

F L A V I E. *Regardant*
C'eft Boc.... *Bocaffe qui*

A Y M E'E. *eft fur la*
C'eft la Cour fainte. *table.*

D O C I L E.
Montre !

A Y M E'E.
On nous l'a preftée & depuis vn moment
On nous l'a demandée avec empreffement ;

Et ie n'y songeoit plus ? Colin qu'on la reporte
        DOCILE *ayant aperçû Colin.*   *Colin sort*
D'où vient que ce garçõ est vêtu de la sorte. *qui em-*
            FLAVIE.   *porte le liurs*
C'est vn pauvre Innocent qu'on a mis prés de moy
Le fils d'vn jardinier d'Auberuilliers ie croy ,
Que mon mary connoist, c'est luy qui me le donne
Il me suit en tous lieux ie croy qu'il m'épionne.
            DOCILE.
Ie veux absolument parler à mon néveux,
            FLAVIE.
Ha ! gardez-vous en bien c'est vn Lion en feux;
Qui loin de l'adoucir tomberoit dans la rage,
            AYME'E.
Vrayment il nous feroit vne estrange ravage,
Le soir c'est vn Demon dont nul ne vient à bour
Porcelaine , Miroüers , Pendulle , il iette tout.
            DOCILE.
Toy que fais-tu pendant,& qu'il brise & qu'il casse,
            FLAVIE.
Moy ! i'attens dans vn coin que l'orage se passe.
            DOCILE.
Que ie te pleins ,
            FLAVIE.
            Que faire à cét abandonné,
            DOCILE.
Qu'il est changé depuis que ie te l'ay donné ;
Est-il ceans,
                AYME'E.
            Ho non depuis l'autre semaine
Il n'est pas reuenu coucher ,
            FLAVIE.
                    Il se promene,
            DOCILE.
Mais si ie luy parlois sur ces desordres-là?

PLAVIE.

Il vous diroit que i'ay tous les vices qu'il a,
Que ie mange son bien que ie suis trop ioueuse
Que ie suis trop coquette & trop imperieuse.

DOCILE.

Le mal-heureux,

FLAVIE.

Voilà, comme il parle de moy,

AYMEE.

Et l'on croit ce qu'il dit comme article de foy;

FLAVIE.

Plus on le croit, & plus mon ame est satisfaite,

DOCILE.

Ah ! c'est cela qu'on nomme vne vertu parfaite.

AYMEE.

Vrayment Monsieur ce sont ces moindres qualitez
Les aumônes, sont jeune & ces austeritez.

FLAVIE.

Hé ! ne la croyez-pas, ne mentez point Aymée,

AYMEE.

Voyez

DOCILE.

Iamais vertu ne fut plus confirmée,
Ie m'en-vais, continuë & ne te lasse pas
Sors-tu ce soir ! i'ay veu ton carrosse là-bas.

FLAVIE.

Oüy mon oncle,

DOCILE.

Si tard, l'affaire est donc pressante,

AYMEE.

C'est pour passer la nuit prés d'vne agonizante.

DOCILE.

La conduite me charme, il est tard, ie m'en-vais,

FLAVIE.

Quoy nous quitter si-tost,

DOCILE.

Oüy, tâche à viure en paix.

FLAVIE.

Hé ! peut-on viure en paix avec la discorde,

AYME'E.

Les degrez sont glissant tenez-vous à la corde.

FLAVIE.

Adieu mon cher oncle,

DOCILE.

Adieu gaigne le Ciel

AYME'E.

Nous ne le nonrrissons que de Succre, & de Miel.

SCENE III.

FLAVIE, AYME'E.

FLAVIE.

C'Est par là qu'il en veut, il faut le satisfaire,

AYME'E.

Hé ! pour avoir son bien que ne doit-on pas faire,
Quand il a demandé conte de son argent ?

FLAVIE.

Et bien n'ay-ie pas hû l'esprit assez present.

AYME'E.

Oüy, la pauvre Famille, & l'heureux Mariage,
Nous ont retiré là d'vn dangereux passage ;
Mais Bocasse,

FLAVIE.

FLAVIE.
Ah, i'allois le nommer sottement,
AYME'E.
I'ay trouvé la Cour sainte assez heureusement.
FLAVIE.
Bien plus heureusement es-tu venu à dire
Qu'il faloit promptement la rendre, il l'alloit lire,
AYME'E.
La demandoit-il pas,
FLAVIE.
Vrayment i'en ay tremblé,
AYME'E.
Vous estiez la sans moy prise comme en vn blé,
N'avons-nous pas bien pris nostre ton de Bigotte,
FLAVIE.
Que ie m'en sçay bon gré, i'ay bien fait l'Idiotte,
VYME'E.
Mais moy n'avois-je pas vn air bien maceré
Auec mes bras croisez & ma coëffe en carré.
FLAVIE.
I'admire ton esprit
AYME'E.
Hé ! ie vous avois instruitte
Pour attraper vostre oncle, à faire l'ypocrite,
Il faut n'estre pas beste on ne l'attendoit pas,
FLAVIE.
Hé, nous parlions de luy comme il hurtoit là-bas.
AYME'E.
On dit bien vray fut-il à plus d'vne grand lieuë
Quand on parle du loup que l'on en voit la queuë,
Il m'a bien fait tremblé car en moins de trois ans
I'en ay tiré pour vous, plus de vingt mille francs.
FLAVIE.
Ie pretend bien t'en faire vne ample recompense,

AYME'E.

A moy ! ie n'ayme pas tant l'argent que l'on penfe,
Madame ; il me fuffit de voftre affection
Vous fçauez que le bien n'eft pas ma paffion,
Et que toufiours l'argent me donne peu de ioye
S'il ne tombe en mes mains par vne honnefte voye
Mais vn prefent de vous, ne me fera qu'honneur,

FLAVIE.

Non, non vient m'habiller.

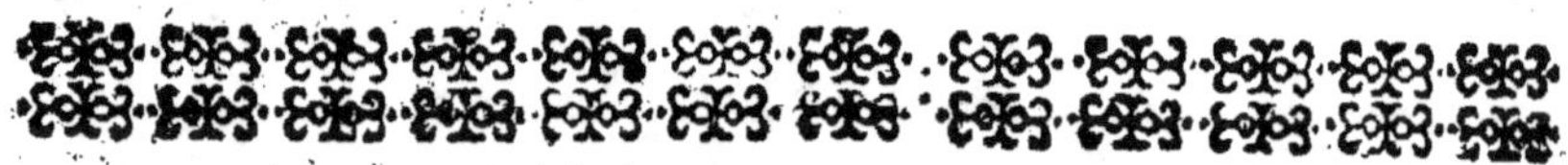

SCENE IV.

COLIN, FLAVIE, AYME'E.

COLIN à *Aymée*.

Voyez venir Monfieur,
Il monte avec vn homme,

FLAVIE.

Allons donc vifte Aymée,

SCENE V.

DOCILE, FLAVIO

DOCILE.

OVy de trop bonne part elle m'est confirmée,
Le chagrin que i'en ay ne peut estre plus grand
Mais vous entré chez-vous d'vn air qui me surpréd.

FLAVIO.

I'entre dans mon logis toûjours de cette sorte
I'ay le passe par tout dont i'ouvre chaqne porte,
I'entre sans qu'on me voye & ie le fait exprés
Lors que l'on me croit loin c'est l'ors que ie suis
            prez,
C'est mon foible & chacun à le sien en ce monde
Mais dites-moy sur quoy vostre plainte ce fonde,
Si dans vostre retraite on vous donnois auis
De l'air dont vit ma femme, & de l'air dont ie vis,
Vous ne la croyriez pas vne sainte peut-estre

DOCILE.

Non mais dépuis long-temps elle trauaille à l'être,
La voulant marier, ie luy parlay de vous
L'obeïssante fille auec vn esprit doux,
Fort innocente alors sur vn pareil mystere
Tout ce qu'il vous plaira dit-elle il le faut faire,
Luy disant qu'il falloit vn peu vous caresser
Cette pauvre brebis couiût vous embrasser,
Et depuis de quel air à-t'elle vêcu femme,

                              A iij

FLAVIO.

Oüy d'vn air surprenant

DOCILE.

Ah ! c'est vne belle ame ;

FLAVIO.

Pour écrire sa vie on l'obserue ,

DOCILE.

Hé tant mieux
L'on n'y remarquera que des actes pieux,
Et cette nuit encor.... Ah ! l'admirable femme
Pour la traiter si mal il faut estre sans ame,
Et si depuis quatre ans ie ne vous ay point veu
C'est que i'ay tout apris ,

FLAVIO.

Ah ! l'on vous a déceu ,
Car i'aymois vostre niéce & l'ay trop bien traittée
Mon trop d'amour pour elle c'est ce qui la gattée,
Lors que ie dis gattée au moins entendé bien ,
Que ie ne veux toucher son honneur n'y le mien;
Mais elle est trop coquette,& trop imperieuse
Donne de grand Cadeaux , fait la grande joüeuse;
Et tient Academie , elle qu'asseurément
Le moins subtil au jeu tromperoit ayfement;
Vous ne me croyez pas couchez icy de grace
Voyez l'échantillon de tout ce qui se passe ,
Afin que par dehors vous voyez au dedans
Ce que vous ignorez depuis trois ou quatre ans,
L'air dont elle me traitte & sa grande dépence
N'ont point encore pû lasser ma patience ,
Ma douceur n'a rien fait sur ce volage esprit,

DOCILE.

Le mal-heureux, helas ! elle me la bien dit.

FLAVIO.

Sa compagnie encor ce qui plus me chagrine

Est d'une sainte Helene , & d'une sainte Hermine,
Et deux Pipeurs qui font mille coups inoüis
Qui prendroient ces escus pour des doubles Louïs;
N'est-elle pas , Monsieur, en vne belle école
Si l'un mange mon bien , vn autre me le vole!
He bien ! que dites-vous ? vous estes est_nné,

DOCILE.

Ce que ie dis Monsieur , que vous estes damné.

FLAVIO.

Ie vous croyois vn Ange,& vous estes vn Diable
Quoy vous damnez les gens,rien n'est plus éfroya-
    ble ;
Obseruez vostre Niéce , auant que vous troubler,

DOCILE.

Vous chassez les Demons qui vous vont accabler,
Ie sors

FLAVIO.

    Sortez aussi de vostre letargie !
Qu'on vous éclaire au moins,

DOCILE.

       Non non ie ma bougie ,
Allez continuez vostre dereglement,

FLAVIO.

Cachons-nous ie n'ay plus d'affaires plus pressant
que celle de seruir cette pauvre Innocente.

FLAVIO seul.

Qu'en quinze ans i'ay goutté de charmes en ces
    lieux
Mais que depuis cinq ans ils me sont odieux ,
Ie suis Italien & me marie en France
Ie prends femme à Paris , ha la haute imprudence,
Que i'ay bien merité ce devorant soucy ?
Et que i'ay bien cherché ce que ie trouue icy ?

Crispin dans ce moment reuenu d'Italie
Va donner quelque tréve à ma melancolie
S'il a pû de mere avoir le Diamant
Ie pourray me vanger de ma femme aisément,
Et de ces deux pipeurs qui se sont fait connoistre
En me vollant mon bien, & pis encor peut estre,
Colin, Crispin vient,

SCENE VI.

COLIN, FLAVIO.

COLIN.

Il se débotte en bas.

FLAVIO

Qu'il monte tout botté,

COLIN.

Monsieur il ne le peut pas.
Sa botte la blessée

FLAVIO.

Qu'il oste donc marousfle?

COLIN.

Hoste aussi, Monsieur, pour la mettre en pantousfle,

SCENE VII.
CRISPIN, FLAVIO.

CRISPIN *boittant d'une botte à vn pied,*
vne sauatte à l'autre.

PEste mon Esperon, me blesse diablement.
Monsieur,

FLAVIO.
He bien Crispin as-tu le Diamant ?
CRISPIN.
Si ie ne suis boitteux,il ne s'en faudra guere,
FLAVIO.
Tu t'épouuante trop ; he ! que dit ma mere ?
Vostre Mere.... ou E tenés c'est la , soubs mes
dois,

FLAVIO.
He ! tu me montreras ton mal vn autrefois ;
Dans mon impatience aprends moy des nouvelles,
CRISPIN.
Vostre mere.... ah ! ce sont des angoisses mortelles,
Vostre mere.... ah ! ie vay me faire dechausser,
FLAVIO.
Rends moy responce,& puis va te faire penser,
Que fait ma mere dy ,
CRISPIN.
Ie m'en vay vous l'apprendre
Elle a parlé deux jours, il ma falu entendre
Et pour rendre, Monsieur ; son esprit satisfait,
Il faut que ie vous parle autant qu'elle ma fait,

B iiij

FLAVIO.

Ma mere parleroit deux mois ſur vn Atome

CRISPIN.

Ie m'en vais donc du tout vous faire vn Epitome,

FLAVIO.

Tu me fera plaiſir d'abreger ce diſcours
Car ie n'ay pas loiſir de rentendre deux iours.

CRISPIN.

Ie commence d'abord d'vn air fort amiable
I'eſtois jeûne autrefois, ma-t'elle dit, au Diable,
Si i'ay trouvé ſujet d'en douter nullement
Elle eſt ſi ieune encor, qu'elle eſt ſans iugement.

FLAVIO.

Ma mere ieune,

CRISPIN.

        Autant qu'elle ait pû iamais l'être
On diroit d'vn enfant qui ne fait que de naiſtre
Car elle na ny dents, ny cheveux, non ma foy,

FLAVIO.

Elle doit à ſon âge en avoir peu ie croy
Finiras-tu bien-toſt,

CRISPIN.

        Oüy Monſieur ie l'eſpere
Aprés ſur ces amours auec feu voſtre pere ;
Elle ma fait vn conte,

FLAVIO.

        Il eſtoit fort nouveau,

CRISPIN.

Vn conte encor plus long que n'eſt le long boyau,
Mais ie le vay paſſer en poſte,

FLAVIO.

        He ! pique, pique,
Fuſſes dêja loin,

CRISPIN.

        Bon soyez cholerique,
Car i'enrage, Monsieur, de voir depuis trois ans
Que l'on vous nomme icy le Iob de nostre temps.

FLAVIO.

Pourquoy ?

GRISPIN.

    Vrayment pourquoy!ce n'estoit pas vn sot,

FLAVIO.

Que veut-tu dire donc,

CRISPIN.

      Voyez, voyez ce mot;
Vous verrez en lisant cette lettre importante
Que vous avez encor dix mille escus de rente,
Que Monsieur vostre pere à fait tout son effort
Pour ce voir opulent, & riche aprez sa mort;
Comme il avoit predit en homme fort habile
Qu'il seroit assommé dans les guerres ciuiles,
Dessous d'vn nom d'un autre ie sceu mettre son bien
Vous en croirez le seing de vostre mere, he bien?

FLAVIO.

Quoy Crispin i'ay ce bien encor en Italie
Il faut y retourner!

CRISPIN.

      Si j'en fais la folie.

FLAVIO.

Quoy tu ny voudrois pas reuenir auec moy;

CRISPIN.

Non, ma foy,

FLAVIO.

Pourquoy donc

CRISPIN.

    Ie sçay bien le pourquoy?

FLAVIO.

G'eſt vn ſi beau païs Criſpin,

CRISPIN.

Qu'on m'écartelle ,
Si ie retourne allez, ie l'ay rechappé belle !
Ils ſont Italiens , ſi i'auois ſceu cela ,
Vn beau Garçon, Monſieur, ne doit point aller là ;
Et vous ne deviez pas m'expoſer de la ſorte
Mais c'en eſt fait,enfin n'en parlons plus n'importe,
Mon voyage eſt heureux ,

FLAVIO.

Tu le ſeras auſſi.
Le Diamant l'as-tu ,

CRISPIN.

Vrayment oüy,le voicy.

FLAVIO:

Il eſt fort beau,

CRISPIN.

Gardé que l'on ne vous le hape
Il eſt ma foy flambé ſi Madame l'attrape ;
Elle a dêja mangé voſtre bien & le ſien,
Vous prenez patience , & vous ne dites rien :
Toûjours la ſainte Hermine,& cette ſainte Helene
Se mangent auec elle,

FLAVIO.

Elles ont cette peine.

CRISPIN.

Vous deuenez Monſieur auſſi doux qu'un oyſon ,

FLAVIO.

De tout ce que i'ay fait , i'ay ma raiſon ;
Qu'elle eſt la tienne à toy dauplaudir ma femme,
Et d'eſtre ſon Flateur ,

CRISPIN.

Moy Flateur de Madame !

FLAVIO.

Tu la blames aſſez quand tu parle à moy
Mais ce n'eſt plus cela quand elle eſt deuant toy.

CRISPIN.

Ie voudrois avoir eu mille coups d'eſtriuieres
Et que tous les Flateurs fuſſent dans la riuiere,
Moy Flateur, i'ay ma foy le cœur vn peu trop haud
Ie prens vos intereſt contre-elle, & comme il faut;
Vous venez d'arriuer,

FLAVIO.

Oüy ?

CRISPIN.

　　　　　　　　　Dites moy de grace
Qu'elles gens vous auez pour voir ce que ſe paſſe.

FLAVIO.

Aymée eſt eſpionne, & Colin l'eſt auſſi,

CRISPIN.

Dans cette charge, Aymée a toûjours reüſſi;
Mais Colin eſt vn ſot, pourquoy pas la Riuiere
Qui la ſert à la chambre,

FLAVIO.

　　　　　　　　Il eſt ſur la littiere.

CRISPIN.

N'a-t'elle que Colin,

FLAVIO.

　　　　　　　　Elle à ces deux Laquais
Mais, neant, dans ſa chambre on ne les voit iamais.

CRISPIN.

Souffre-t'elle Colin,

FLAVIO.
　　　　　Elle, elle en eſt fort aiſe,

CRISPIN.

Oüy, car le ſot ne ſçait, ny le pair, ny la praiſe,
Le fait-on habiller,

FLAVIO.

Comme il ſuit tous ces pas
Elle veut qu'on l'habille, & ie ne le veus pas,
Car ce n'eſt pas mon fait ? il à trop d'innocence
Pour faire le meſtier d'eſpion,

CAISPIN.

Ie le penſe
Vous ne pouviez choiſir vn plus pauvre cheval,

FLAVIO.

Pourtant Aymée , & luy ne s'entendent pas mal.

CAISPIN.

Auez-vous appris d'eux dêja quelque nouuelle,

FLAVIO.

Non ie viens d'arriuer, tous deux ſont auprez d'elle,
Ie vay ſouper, tantoſt nous les ferons jazer.

CRISPIN.

C'eſt fort bien fait, pour moy ie me vay repoſer.

Fin du premier Acte.

ACTE

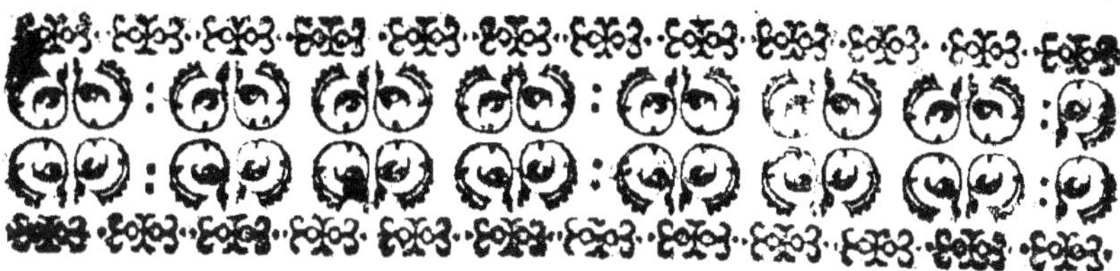

ACTE II.

SCENE PREMIERE.

COLIN, AYME'E.

COLIN.

Vn carrosse est là-bas qui demande Madame.

AYME'E.

Vn carrosse innocent? est-ce vn homme? vne femme.

COLIN.

Non, on la vient querir pour le bal de ce soir;
C'est Monsieur du Bocage, & Monsieur Dumanoir.

AYME'E.

Quoy viennent-ils dêja pour nous rompre la teste
Ils n'ont qu'à s'en aller, Madame n'est pas preste.

C

SCENE II.

DVMANOIR, DVBOCAGE, AIME'E, COLIN.

AYME'E.

VOus venez iuſtement pour me faire gronder,

DVBOGAGE.

Nous ? pour qu'elle raiſon,

AYME'E.

         Faut-il le demander ;
Dés qu'elle vous verra le chagrin la va prendre
Car elle n'eſt pas preſte,

DVMANOIR.

         Allons au Bal la prendre.

AYMEE.

He ! qu'elle heure eſt-il donc ?

DVMANOIR.

         Il eſt l'heure du Bal
A ma montre du moins ?

AYME'E.

         Voſtre montre va mal.

DVMANOIR,

Le Bal doit commencer, à dix heures ma mie,

AYME'E.

Oüy da, mais il n'eſt pas neuf heures & demie

DVMANOIR.

Il eſt dix heures va, le Bal eſt commencé,

AYME'E.

He bien courez deuant si vous estes pressé.

COLIN *à Dumanoir.*

Monsieur, Monsieur est là, dans la chambre icy
proche,

DVMANOIR *à Dubocage.*

Ce sont trois cens Louis qui nous viennent en
poche ;
C'est luy qui paye tout,

DVBOCAGE.

De quand est-il icy !

DVMANOIR.

Le veux-tu voir,

DVBOCAGE.

Nenny,

DVMANOIR.

Sortons donc, le voicy.

SCENE III.

FLAVIO, CRISPIN, COLIN.

FLAVIO.

Colin que fait ma femme,

COLIN.

He ! Monsieur on l'habille,

FLAVIO.

A dix heures du soir ? Madame est bien gentile;
He ! qu'à-telle donc fait ? répons donc es-tu sourd

COLIN.
Deux Monſieur ont jouë ſur ſon lit tout le jour.
CRISPIN.
Sur ſon lit,
FLAVIO.
A quel ieu ! veux-tu me ſatisfaire,
COLIN.
Ils ont jouë tous trois à leur jeu d'ordinaire.
FLAVIO.
Et quel eſt donc ce jeu !
CRISPIN.
Ce jeu me fait peur,
FLAVIO.
A quel jeu donc fripon ?
COLIN.
A la beſte, Monſieur;
FLAVIO.
Eſt-ce que tu cherchois le nom ?
CRISPIN.
Ah ! ie reſpire ;
COLIN.
Non ie le ſçauois bien , mais ie ne l'oſois dire?
FLAVIO.
Diablé ſoit de la beſte , & du ſot animal,
CRISPIN.
La beſte vous à fait plus du peur que de mal.
FLAVIO.
Quand ont-ils quitté jeu ?
COLIN.
Plutoſt qu'à l'ordinaire,
A cauſe qu'à ce ſoir Madame auoit affaire.
FLAVIO.
Sont-ils tous deux ſortis !

C O L I N.

Oüy, Monsieur tristement
Car Madame c'est fait donner vn lauement,
Et tous deux y vouloient luy voir donner ie pense
A na iamais voulu le prendre en leur presence.

C R I S P I N.

Elle à tort,

C O L I N.

Ils vouloient luy donner tout de bon
Car par force ils auoient dêja pris le canon.

C R I S P I N.

La peste,

C O L I N.

A c'est leuée, à c'est contre eux fâchée
A les à fait sortir, à pres à c'est couchée.

F L A V I O.

La t'elle pris enfin?

C O L I N.

Oüy, Monsieur & fort bien,
Iusqu'à la moindre goutte, on n'a respandu rien.

C R I S P I N.

Le voyes-tu donner?

C O L I N.

Oüy i'estois tout contre-elle,

F L A V I O.

Oüy?

C O L I N.

I'estois à genoux, ie tenois la chandelle.

F L A V I O.

Pourquoy ce lauement, ce trouve-t'elle mal,

C O L I N.

Non guieu mercy, Monsieur, c'est pour aller au Bal.

C R I S P I N.

Afin de n'auoir pas le tein brouillé,

FLAVIO.
>   La folle,

COLIN.
Ces couſines le font,

FLAVIO.
>   Elle eſt en bonne école.

CRISPIN.
La courante à preſent ne ſe danſe pas mal
Si chaque Dame porte vn lauement au bal.

COLIN.
Aymée au moins , Monſieur, vient de dire à Ma-
dame
Qu'ou veniais d'arriuer,

FLAVIO.
>   He ! bien qu'à dit ma femme.

COLIN.
Elle à dit .... le voicy ,

FLAVIO.
>   Cache-toy tu verras
Son obligeant acueil puis tu te montreras.

SCENE IV.

FLAVIE, A FLAVIO.

FLAVIE.

L A campagne vous plaiſt , Monſieur i'en ſuis
fort aiſe

Et ie fouhaitteray toûjours qu'elle vous plaife ,
Mais me laiffer fix jours, & fans argent encor?

F L A V I O.

Ie vous avois laiffée, quatre cens Louïs d'or.

F L A V I E.

C'eft pour aller bien loing , vous eftes vn braue
    homme
Quatre cens Louïs d'or? voyez la belle fomme;
Elle a duré deux jours il faut vous l'avouër
Ainfi i'allois refter quatre iours fans jouër,
Regardez quel affront ? mais ce que me confole
Les gens ont bien voulu jouër fur ma parole
Iufqu'à fix cens Louïs ,

F L A V I O.

       Les auez-vous perdus,

F L A V I E.

I'en regagnay trois cens , & ie dois le furplus
Mais ce n'eft pas encor ce que ie vous veux dire
Pourveu que l'on me iouë, & que ie donne à rire,
Vous eftes fatisfait , ou font ces cheveaux gris
Qu'auant voftre départ,vous m'auiez tant promis.

F L A V I O.

Ie n'auois point dargent ,

F L A V I E.

       Ie ny fçaurois que faire
Et que n'en cherchez-vous, eft cela mon affaire,
C'eft à vous d'en trouuer, lorfque i'en ay befoin
Cependant, i'ay receu par voftre peu de foin ;
Dans le milieu du cours , la plus grande auanye
Des Dames me voyant, c'eft Madame Flauie,
Elle à , fe cryà l'vne , encor ces cheueaux noirs
Iugez fi i'eftois lors dans de grands defefpoirs,

F L A V I O.

Vous en aurez il faut laiffer paffer la Fefte.

Ne ſortez que les ſoirs,

FLAVIE.

Vrayment vous eſtes beſte;
Ie ne ſortirois pas les matins ny les ſoirs
Pour tous les biens du monde, auec des cheueaux
　　noirs ;
Il me feroit beau voir, he ! bien faites en ſorte
Qve i'en aye au pluſtoſt, car il faut que ie ſorte;
Et que ie ſoye au cours en attelage gris,

SCENE V,

CRISPIN, FLAVIO, FLAVIE.

FLAVIE.

Crispin eſt de retour,

CRISPIN.

Ma foy viue Paris;
L'Italie

FLAVIO.

Admirez la bonté de ma Mere
Voilà ce beau Dia....

CRISPIN *metant la main ſur la bou-*
che de ſon maître.

Monſieur qu'allez vous faire.

FLAVIE.

Pourquoy empeſcher ton maiſtre de parler,

CRISPIN.

C'eſt vn de ces cheveux qui l'alloit eſtrangler.

FLAVIO.

Voilà mon Diamant !

FLAVIE.

Ha ! que ie suis heureuse
De semblables bijoux ie suis fort enuieuse ,
Ie vay le mettre en gage

CRISPIN.

He bien ! l'ay-je predit
Il est flambé, Monsieur, ie vous l'auois bien dit.

FLAVIE.

Il me faut dez demain trouver huit cent pistoles,

FLAVIO.

He bien ! vous les aurez ,

FLAVIE.

Oüy i'auray de paroles ;
Ie vous connois, Monsieur, demain absolument.
Ie veux des cheveaux gris , & ie doit de l'argent;

FLAVIO.

He ! pour l'argent du jeu, rien ne presse on excuse,

FLAVIE.

C'est là le plus pressé, c'est ce qui vous abuse ;
Des debtes l'on s'en rit, mais rien n'est plus con-
stant
Que pour l'argent du jeu l'on doit payer contant,
Crispin n'est-il pas vray ?

CRISPIN.

Cela s'en va sans dire
Pour de l'argent prêté , l'on ne s'en fait que rire,
Comme Madame dit , mais pour l'argent du jeu
Peste vn banqueroutier seroit digne du feu.

FLAVIE.

Qu'elle honte de voir, qu'vn valet vous confonde
Et tâche mieux que vous comme on vit dans le
monde :

Contons trois cens Louïs qu'il faut rendre ce soir
Deux cens pour les chevaux, que ie pretens auoir,
Ce sont cinq, & trois cens qu'il faut pour vn affaire
Qui va faire grand bruit dans peu, mais qu'il faut
     taire ;
Ce sont huit,

CRISPIN.
Il est vray,
FLAVIE.
                    Ie conte nettement
Ce sont huit cens Louïs qu'il me faut
CRISPIN.
                              justement.
FLAVIE.
Ie vais au bal, j'espere y voir vn Gentil-homme
Qui sur ce Diamant me prestera la somme.
CRISPIN.
Comment ! huit cent Louïs ? ie trouveray dessus
Dez ce soir si ie veux, quatre ou cinq mille écus.
FLAVIE.
Pourveu que dez demain, j'aye ma somme entiere
Gardez-moy le surplus, i'en puis auoir affaire,
Ie vais au bal, Monsieur, voilà le Diamant
Faites qu'à mon retour on m'ouvre promptement;
Veillez vn peu,
FLAVIO.
Ie crains que le sommeil m'abatte,
FLAVIE.
He ! ie veille bien moy, qui suis plus delicate ;
Vous estes fort à plaindre, attendz-moy sur tout.

SCENE VI.

FLAVIO, CRISPIN.

FLAVIO.

IL faut patienter , Crispin iusque au bout.
CRISPIN.
Vous auez depuis peu l'humeur bien patiente.
FLAVIO.
Tout ce que veut ma femme , il faut que i'y con-
sente ,

CRISPIN.
Mais vostre patience , est-ce vn jeu concerté ?
Car vous estes jaloux , vous estes emporté ?
Pardonnez , vous m'avez permis de vous tout dire
Et même protesté de n'en faire que rire :
Cependant plus Madame à de mépris pour vous
Plus elle vous mal-traitte, & plus vous estes doux.
FLAVIO.
C'est pour meiux me vanger, oüy Crispin , i'ha-
zarde
A souffrir s'il le faut iusque à la nazarde ;
Ie vais plus que iamais, encor quelque moment
Paroistre à tous sans cœur , & sans ressentiment,
Mais dans peu, tu verra de quel air ie me vange,
CRISPIN *à part.*
Il seroit vn cœur bien digne de loüange.

FLAVIO.

Tout ce que i'ay souffert sera lors estimé
Et l'on approuvera ce qu'on auoit blâmé?

CRISPIN.

Si par là vous auez beaucoup de renommée,
Ie seray fort trompé :

SCENE VII.

AYME'E , FLAVIO , CRISPIN.

FLAVIO.

He bien Aymée
Qu'à fait icy ma femme instruit-nous en vn peu,

AYME'E.

Elle à par ma foy, fait grande chere, & beau feu;
Elle a mis ces pendans, & ces perles en gage
Car Monsieur Dumanoir, & Monsieur Dubocage,
Ont gaigné son argent, ce sont ces deux joüeurs
L'on me dit l'autre jour que c'estoit des Pipeurs,
Des gens qui font des tours de berlique & ber-
            loque
Ie l'ay dit à Madame, & Madame s'en mocque;
Ils sont dit-elle, heureux, mais ils n'ont pas de sens
Et ie n'ay jamais veu de pareils Innocens.
Mon argent raquitté, j'aurois, ie le proteste
Honte de les gaigner , c'est vn vol manifeste;

Et

Et presque à tous les ieux ce ne sont que de sots
Dit-elle, elle à raison, ils disent de bons mots;
Quand ils sont hors du jeu, mais au jeu ie vous iure
Que rien n'est si plaisant, que de voir leur figure.

FLAVIO.

Ils gagnent cependant,

AYMEE.

Mais si grossierement
Qu'il faut crever de rire, en perdant son argent.

FLAVIO.

Changent-ils fort souuent de jeu des cartes ?

AYMEE.

voire
L'on ne jouëroit que d'vn si l'on les vouloit croire,
Madame voit cela qui se tient les costez
Et rit de tout son cœur, de voir ces ébestez,
Elle se plaist si fort de voir leur innocence
Qu'elle à joüé dix fois, d'vn jeu par complaisance;
Les cartes seulement, ils ne les battent pas
Et leurs grossieres mains les mettent dans vn tas;
Rien n'est si ridicule au jeu que leur maniere
Et pour les acheuer, ils sont court de visiere :
Ils regardent tous deux les cartes de si prez
Qu'on diroit, que pour rire, ils le fassent exprez ;
Les cartes dans leurs mains sont d'abord corrōpuës
Quand on vient à couper, elles sont si bossuës,
Que ie croy qu'vn batteau passeroit au milieu
Cela fait comme vn pont,

CRISPIN.

Quels aigre sins tu-dieu.

AYMEE.

Ie vous dis, rien n'est bon, comme leur innocence

CRISPIN.

Madame rit donc bien,

D

A Y M E'E.
> Elle rit d'importance.

F L A V I O.
Mais pert-t'elle beaucoup auec ces Innocens,

A Y M E'E.
Elle dit qu'elle perd prez de huit mille francs.

F L A V I O.
He ! n'ont-ils rien gagné que cela?

A Y M E'E.
> Non sans doute,

C'est bien assez ie croy ;

F L A V I O.
> M'entens-tu bien écoute ;

N'ont-ils point .... obtenu ....

A Y M E'E.
> Quoy donc ?

F L A V I O.
> Quelque faveur,

Car ie veux tout sçauoir ?

A Y M E'E.
> Expliquez-vous Monsieur ;

Ie ne vous entens point,

C R I S P I N.
> Tu ne le peus comprendre,

Monsieur voudroit sçavoir, ce qu'il craint fort d'a-

A Y M E'E.   (prendre,
Ha, ha, ie vous entens, ho non asseurement
Tous deux n'en ont voulu iamais qu'à son argent.

C R I S P I N.
Ah ! les honnestes gens ! qu'ils ont vne belle ame
Car ils ne veulent point à l'honneur de Madame;
C'est bien iniustement, qu'on vet les soupçonner
Ils n'ont autre dessein que de vous ruïner :
Voilà d'honneste gens,

AYME'E.
Madame sainte Hermine,
Et comme vous sçavez, son aymable cousine,
Que vient souvent icy ;
FLAVIO.
N'y vient-il pas toûjours
L'autre sœur sainte Helene,
AYME'E.
Elle y vient tous les jours ;
L'vne est sa favorite, & l'autre sa fidelle
Madame Aminte y vient encor ?
FLAVIO.
Mais ou va-t'elle ;
AYME'E.
Dame, ou va-t'elle, c'est ce que ie ne sçay pas;
Colin vostre Idiot, est toûjours sur ces pas ;
Ie voy ce qu'elle fait icy ie suis presante
Mais ie ne voy plus goutte, lors qu'elle est absente.
FLAVIO.
Ie trouve en te payant, tes soins bien épargnez,
AYME'E.
Ma foy vos trois cent fracs, sont assez-bien gagnez.
FLAVIO.
He ! que ne la suis-tu,
AYME'E.
Vous me la donnez belle
He ! veut-elle de moy, ny de sa Damoiselle,
Pour la suivre iamais ? joint qu'elle n'a que moy
Depuis tantost vn mois, vous le sçauez ie croy ;
Ie suis Femme de chambre, & ie suis Damoiselle
Parle-t'elle à quelqu'vn, soit ou mâle ou femelle;
I'écoute, & voy si c'est, ou pour mal, ou pour bien
Bref, ie fais tout icy, j'ay du mal comm'vn chien,
Ie passe sans manger les jours que j'espionne

Et l'on me plaint encor trois cens francs que l'on
me donne.

FLAVIO.

Ie ne te les plains pas , va tu les gagnes bien,

AYME'E.

Ie le croy, Dieu le ſçait, ſi ie vous celle rien.

CRISPIN.

Ne pleurez point; Monſieur, Aymée eſt fort fidelle,

AYME'E.

Madame ne fait rien que ie ne ſois prez d'elle;
Et Monſieur à grand tort de me traitter ainſi,

GRISPIN.　　　　　　　*Elle ſort.*

Mais Colin la laiſſé au Bal, car le voicy.

SCENE VIII.

COLIN, FLAVIO, CRISPIN.

FLAVIO.

L'As-tu laiſſée au bal ,

COLIN.

Oüy, Monſieur, elle danſe ;

FLAVIO.

A-t'elle eſté ſouvent dehors en mon abſence?

COLIN.

A là ſe pence eſté quatre ou cinq fois au champs,

FLAVIO.
Oüy ! quels ont esté là ces diuertiſſemens ?
Et qui ſont tous les gens qui compoſent la ſuite,

COLIN.
Ces joüeurs, ſa Fidelle, auec ſa Fauorite ;
Et puis, Madame Aminte, ils ne la quittent pas,

FLAVIO.
Que ſont-ils tous aux champs ?

COLIN.
Ils font de bons repas.

FLAVIO.
Ou vont-ils !

COLIN.
A Boulogne, à Mont-rouge, à Vencienne

FLAVIO.
Qui paye par tout là ;

COLIN.
Madame en prend la peine ?

CRISPIN.
Madame à du courage, on ne le diroit pas
Car l'on fatigue fort à payer des repas ;
L'on n'en voit preſque plus prendre toutes ces
    peines,
De ces couragieux, i'en ſçauois deux douzaines?
Mais, tous ſont deuenus, ſi lourds, ſi pareſſeux
Qu'ils ne mangent plus rien, qu'on ne paye pour
    eux,
Auſſi ne ſont ce plus, mes gens, & leur preſence,

FLAVIO.
Dequoy ſert tout cela ? donnez-vous patience ;
Reuient-elle fort tard ?

COLIN.
Non, Monſieur à minuit,
Elle reuient plus tard, quand la Lune reluit.

FLAVIO.

Découche - elle point ?

COLIN.

      Elle... fut ... à... Surenne.
Mais ... elle y ....

FLAVIO.

   Qu'y fit-elle ? il me met à la gêne.

COLIN.

Cela vous va fâcher, car cela me fâchy,

FLAVIO.

Point, qu'y fit-elle, dy

COLIN.

     Monſieur, elle y couchy.

FLAVIO.

Ma femme couche aux champs, & chez qui cou-
cha-elle,

COLIN.

Dame, ie n'en ſçay rien, à me la bailly belle ;
A me joüy d'vn tour, que ie n'attendois pas,

FLAVIO.

Tais-ie pas deffendu de la quitter d'vn pas.

COLIN.

Mais Monſieur auſſi-toſt qu'elle fut en carroſſe
Alle m'envoy-y voir qui préchoit à S. Ioſſe ;
Perſonne n'y prêchy, Dieu ie fus bien camus.
Car quand ie reueny, ie ne la trouvy plus.

FLAVIO.

Les joüëurs en eſtoient ?

COLIN.

    Non,

CRISPIN.

       ce ſont de fins merles
On ne t'éloignoit pas pour enfiler des perles.

COLIN.

Ho non , car son colier on l'auoit r'enfilé
D'vne corde à boyau , mais il s'en est allé ;
Vn Cuisinier le garde , alle à mis en gage
Auec ses pandoreilles , alle-en à de loüage.

FLAVIO.

Ma femme découcher? demandons s'il c'est bien,

CRISPIN.

Vous n'en sçaurez que trop, ne demandé plus rien.

FLAVIO.

Quel iour estoy-ce encor?

COLIN.

C'estoit l'autre semaine,

CRISPIN.

He!Monsieur,pour le jour,n'en soyez plus en peine,
Si Madame à poussé les affaires à bout
Vous en devez avoir senty le contre coup.

FLAVIO.

Mechant boufon tay toy!dy moy quel iour ma fem—

CRISPIN. (me

Vous l'auez sçeu,Monsieur, aussi-tost que Madame,
Et si les cornes font, comme on le peut pencer
Plus de mal à sortir , que les dents à percer,
Sans doute vous devez , sans faire d'avtre enquête
Auoir en ce jour-là grande douleur de tête.

FLAVIO.

Mais Crispin,cesse vn peu, l'on est chagrin à moins!
De ce qu'elle a fait là, n'auray-ie aucun témoins!
Estoy-ce son carrosse ,

COLIN.

Ho ! non, c'estoit vn fraire,

FLAVIO.

Comment estoit vestu le cocher ,

COLIN.

Comme vn praere.

CRISPIN.
Comme ils font tous,

FLAVIO.
Quoy ! feule dans ce carrofle,

COLIN.
Non,

On la vient prendre,

FLAVIO.
Quy ?

COLIN.
Madame Sifimon.

FLAVIO.
Madame Sifimon eft vertueufe & fage
Et j'aurois tort, Crifpin d'en prendre de l'ombrage,
Son amour, pour ma femme, eft plain d honnefteté,

CRISPIN.
L'honneur de femme à femme, eft fort en feureté.

FLAVIO.
Le bal va-t'il finir,

COLIN.
He ! Monfieur il commence,

FLAVIO.
Ma femme viendra donc fort tard ?

COLIN.
Ho ! ie le penfe,

FLAVIO.
Va l'attendre,

CRISPIN.
Il pourra l'attendre infqu'au jour

FLAVIO.
Crifpin allons dormir attendant fon retour.

Fin du Second Acte.

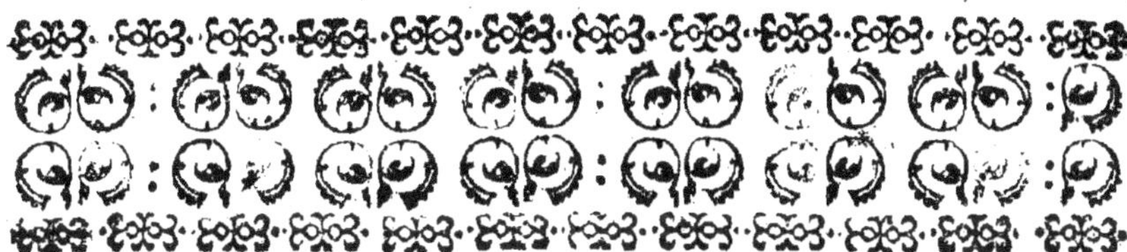

ACTE III.
SCENE PREMIERE.

FLAVIO, CRISPIN.

FLAVIO.

Tv vois bien qu'en dormant, Crispin, la nuit
se passe,

CRISPIN.

Ie sens de plus, Monsieur, que le sommeil delasse

FLAVIO.

Ma femme n'estre pas encor de retour,

CRISPIN.

L'on court en ce temps-cy le bal iusque au iour.

FLAVIO.

Mais que faire icy lon attend qu'elle vienne !

CRISPIN.

Vous soufflirez, Monsieur, que ie vous entretienne,
Iusque à son retour, il faut attendre icy
Qu'y faire que causer ! causons donc,

FLAVIO.

Qu'est cecy ?
Elle courir le bal ! ce n'est pas la cause,

CRISPIN.

Par ma foy non, Monsieur, elle court autre chose;
Et ie me doute icy de ce que l'on peut voir,

FLAVIO.

Dequoy te doutes-tu ? dy, ie le veux sçavoir ;
Et deuant qu'il soit nuit , quelque prix qu'il m'en
　　coute ,

CRISPIN.

Ne vous doutez-vous point de ce que ie me doute;

FLAVIO.

Non,

CRISPIN.

Non ! Madame jouë, elle a joué si bien
Qu'elle a, ma foy, jouë vostre honneur, & le sien.

FLAVIO.

Ha !

CRISPIN.

Ah ! ie le veux bien, Monsieur, elle est fort sage.
Mais si ie l'entreprens auec mon visage ;
Quelques Louïs en main, & l'habit de Marquis,
Ie suis fort assuré, que son cœur m'est acquis.

FLAVIO.

Tu pretens donc Crispin, luy donner dans la veuë,

CRISPIN.

Ie passe pour avoir moins d'esprit qu'vne gruë,
Mais ie vay vous montrer, d'vn art ingenieux
Qu'elle se prend par l'or, & non pas par les yeux.

FLAVIO.

Ie te fourniray l'or ,

CRISPIN.

Bon vous luy ferez rendre
Car ie suis assuré que ie luy feray prendre ,
Apres que i'auray fait ce que font les Amans
C'est à dire poussé tous les beaux sentimens,

Ie toucheray tout franc deſſus la groſſe corde,
Et ſi ie fay ſi bien, Monſieur, qu'elle m'accorde;
Enfin vous m'entendez, qu'elle m'accorde tout
Ie ne pouſſeray point les affaires à bout ;
Ne craignez rien,

FLAVIO.
Ho non,

CRISPIN.
                    Ce ſont biens, qui ſont voſtres
Ie n'ay garde d'aller faire comme les autres,
I'ay pour ces choſes-là plus de reſpect pour vous
Ie luy veux enuoyer d'abord vn billet doux,
Apres la friperie, & un lieu fort commode
Pour trouver promptement vn habit à la mode.

FLAVIO.
L'on les donnoit jadis tous aux Comediens,

CRISPIN.
Bon ! c'eſtoit donc du temps des Nigromantiens.

FLAVIO.
Du temps de Mondory, du temps de Belleroſe,

CRISPIN.
Fy ! c'eſtoit du vieux temps, Ah ! c'eſt bien autre choſe !
Paris eſt tout changé, la langue l'eſt auſſi :
Vous ſçavez-bien qu'on à retranché, grand mercy,
Et ie vous remercie,

FLAVIO.
                    On ne s'en ſert plus guere.

CRISPIN.
Ce ſont cinq ou ſix mots dont on n'a plus que faire.

FLAVIO.
Quand on donne pourtant, ces mots là ſervent bien,

CRISPIN.
Mais ils ne ſeruent plus, car on ne donne rien ;
Dans Paris à preſent, qu'on donne, qu'on demande

Ou l'on eſt priſonnier, ou l'on paye l'amende,
Sans cet ordre , chacun ne faiſoit que donner
Les petits , & les grands , s'alloient tous ruïner.

FLAVIO.

La Police à Paris , eſt belle ie l'avoüe

CRISPIN.

L'on ny void ,ny duels,ny vols,ny gueux,ny boüe;
Mais ie penſe ſelon mon petit jugement
Que cela ne s'eſt fait que par enchantement,
L'on va meſme dit-on, empêcher qu'il ny pleuve
Bon , bon ,

CRISPIN.

L'hyver prochain vous en verrez l'épreuve

FLAVIO.

Quoy! l'on veut empeſcher qu'il ne pleuve à Paris?

CRISPIN.

Vn Diable ingenieur l'a dit-on entrepris,
C'eſt qu'on veut retrancher les choſes inutiles ,
On veut rendre Paris propre, & ſec en tout temps.
Et faire quand il pleut,qu'il ne pleuve qu'aux châps

FLAVIO.

Si vous voyons cela , nous verrons vn prodige,

CRISPIN.

Avant qu'il ſoit vn an, vous le verrez,vous dis-je.

FLAVIO.

Cela ne ſe peut pas,

CRISPIN.

Non ?

FLAVIO.

Aſſeurement ?

CRSPIN.

Non?

Moy qui vous parle , moy, i'ay leü dans Trianon,
Quand le froid rendoit l'eau plus dure que le marbre

Les parterres fleuris, & les fruits deſſus l'arbre.
Vn Diable jardinier, & gouteux en tout temps
Des plus rudes hyuers faiſoit là des prin-temps,

FLAVIO.

Comment parer le vent, & la pluye, & la grêle?

CRISPIN.

Tout ne le peut-il pas quand le Diable s'en mêle?
Mais verſailles, & ces grands baſtimens
Tout cela ne ſe fait que par enchantemens
Croyez-vous que ce ſoit de veritable pierre ?
De la pierre qui vient du ventre de la terre.

FLAVIO.

Oüy qu'on polit en marbre, & que l'on adoucit,

CRISPIN.

Ce n'eſt que du carton, que le Diable endurcit,
N'auez-vous point entré, dans la ſale enchantée
Qui fuſt l'hyver paſſé des Demons habitée ?

FLAVIO.

La ſale des balets ? Elle charme en effet,

CRISPIN.

Ce n'eſt rien , il faut voir, ce que le Diable y fait.
I'y vis ...

FLAVIO.

Tes viſions ſont toûjours de la ſorte,

CRISPIN.

Si ce ſont viſions, que le Diable m'emporte ;
I'y vis ſans m'effrayer le Ciel, & les Enfers,
Les Diables,& les Dieux,& les Mons,& les Mers,
Des Palais enchantez des Deſert effroyable
Ie vis faire au Demon des poſtures de Diable,
Dix millions des gens en furent tous charmez
Et ie n'ay iamais veu des Diables plus aimez,
Puis apres chaque Dieu qui venoit à la ronde
Auoir dedans le Ciel le plus beau train du monde.

FLAVIO.

Tay toy,

CRISPIN.

Voftre chagrin la fera-il venir ?
Ie fay ce que ie puis pour vous entretenir,
Monfieur, parlons éncor de Paris , ie vous prie
Paris, ie fuis Badaud, Monfieur, c'eft ma patrie,
Ces lanternes le foir, mifes de pas en pas ,
Font, qu'en marchand, nos yeux ne feruent prefque
        pas,
Tant-il fait jour la nuit dans la plus noire ruë,
L'on n'entend plus crier, aux voleurs, Tuë, Tuë.

SCENE II.

D'AME-ANNE *effrayé* , AYME'E,
FLAVIO, CRISPIN.

DAME-ANNE.

Misericorde ! helas ! aux voleurs, aux voleurs,
        AYME'E *effrayée*
Aux voleurs ! qu'eft-ce donc, Dame Anne?
        DAME ANNE.
                        Ie me meurs ,
Le malheureux Crifpin affaffine fon maiftre,
        CRISPIN.

Qui moy ?

AYME'E.
Fermez la porte, il faut prendre le traître ;
Au voleur,

    CRISPIN. *La contrefaisant, &*
      se mocquant d'elle.

Au voleur,
DAME ANNE.
    Helas ! secourez-nous,
CRISPIN.
A qui diable en on donc ces foles & ces foux?
FLAVIO.
Mais qui, pourquoy donc tout cette crierie ?
AYME'E.
Pour moy ie n'en sçay rien, c'est Dame Anne qui crie.
DAME ANNE.
Moy ? quand i'ay veu Crispin s'écrier au voleur
I'ay crû fin fermement, qu'il égorgeoit Monsieur.
CRISPIN.
Pourquoy croire cela, chienne de Cuisiniere?
Ie faisois vn recit,

    FLAVIO. *Les renvoyant.*
    Sortez
CRISPIN.
    Ah ! la Sorciere !
La carrogne à, ie croy perdu le iugement,
FLAVIO.
Ton recit se pouuoit faire plus doucement ;
Ma femme ne peut plus guere tarder ie pense,
CRISPIN.
L'on se diuertit plus icy qu'en lieu de France.
FLAVIO.
Paris est le sejour des jeux, & des amours,
Mais les femmes, Crispin y font d'étranges jours.

CRISPIN.

Oüy la voftre fur tout.

FLAVIO.

                  Ie n'en fay point de doute
Quand vn homme eft bien fait, ie croy qu'elle l'é-
Mais ...   (coute.

CRISPIN.

        Mais vous allez voir par mon déguifement
Qu'elle écoute vn Magot, quand il à de l'argent.

FLAVIO.

Elle te connoiftra,

CRSPIN.

                    Comme ie pretens eftre
Ie le donne à ma mere à me pouvoir connoiftre:
Vous nous obferuerez, mais ne vous montré pas,
Ie mettray fon honneur furieufement bas ;
Pour en venir à bout, ie mets tout en pratique
Et ie vay deployer toute ma Rhetorique,
Elle fuccombera, mais ne vous effrayez
Que lors que vous verrez, comme vne chofe claire
Qu'il ne contient plus qu'à moy de conclure l'affai-

FLAVIO.   (re.

Ie confens à goufter ce diuertiffement
Pour te faire fortir de ton aueuglement :
Et pour te faire voir par ton experience
Que ma femme eft coquette, & que c'eft tout ie

CRISPIN.   (penfe.

Vous verrez, vous verrez, Monfieur, ie ne dy mot
Ie croy qu'vn de nous deux fera ce foir bien fot.
On frappe.   FLAVIO.
On frappe affeurement, voicy noftre eoureufe
Regarde,

CRISPIN.

        Oüy, c'eft elle, & fa bande joyeufe,

Les cousines y sont , & les Pipeurs ie croy,
Ils sont en bonne humeur,

FLAVIO.

Tant mieux retire toy,
Ils pensent estre seuls, ne parois point pour cause
Moy feignant de dormir, i'apprédray quelque chose.

SCENE III.

FLAVIE, SAINTE-HERMINE, SAINTE-HELENE, AMINTE, DVBOCAGE, DVMANOIR, FLAVIO, *feignant de dormir en vn coin*

FLAVIE.

AH ! la sotte Guenon que la Reine du Bal ?

AMINTE.

Et son grand mal basty d'Amant !

SAINTE-HERMINE.

Ah l'animal !

SAINTE-HELENE.

Quel est-il ?

FLAVIE.

Ie n'ay pas l'honneur de le connoistre,

SAINTEHERMINE.

Il a l'air d'vn Laquais dans l'habit de son maistre.

FLAVIE.

Ma fidelle à raiſon, elle le peint fort bien;
Vn Laquais reueſtu,

SAINTEHELENE.

Mais vous ne dites rien,
De cette noire peau, dans ſon habit jaune.
Et tout ſon ruban jaune, encor large d'vne aune?

FLAVIE.

La Tauppe ſe croyoit la mieux miſe du Bal?

SAINTEHELENE.

Et la plus belle auſſi,

FLAVIE.

Le iaune luy va mal:
Quand ie vis tout ce jaune à la noire coquette
Ie crûs de voir vn charbon dedans vne aumelette.

DVBOCAGE.

Mais s'il vous plaiſt, quel eſt cét honneſte ronflant?

FLAVIE.

C'eſt Monſieur mon mary qui dort en m'attendant.

DVMANOIR.

Il faut que le bon homme ait peu de feu dans l'ame:
Pour dormir en attendant vne ſi belle femme.

FLAVIE.

Mon mary me viendroit careſſer ? ſon abord
En eſt vne viſion qui me bleſſe ſi fort,
Que ie n'en conçoy point qui me ſoit plus horrible,

SAINTEHELENE.

Elle eſt fort degoutante ;

FLAVIE.

Enfin elle eſt terrible.

SAINTEHELENE.

Cependant hier Niſon diſoit, i'en ay bien ry
Qu'elle fut amoureuſe vn mois de ſon mary.

FLAVIE.

Tout de bon, vous raillez,

AMINTE.

Non, rien, n'est plus étrange,

DVMANOIR.

Mais vn mary bien fait encor,

FLAVIE.

fut ce vn Ange;
Vn Narcisse en beauté, ie soutiendray toûjours,
Qu'on ne peut pas aymer son mary quinze iours.

SAINTE-HELEHE.

Vrayment c'est tout au plus;

SAINTE-HERMINE.

Quinze jours que ie meure,
Si i'ay iamais aymé mon mary plus d'vne heure.

DVBOCAGE.

C'est assez,

DVMANOIR.

Celuy-cy ronfle comme vn cheual
Madame, vn camouflet nous seroit vn regal.

SCENE IV.

CRISPIN, SAINTE-HERMINE,
SAINTE-HELENE, AMINTE,
DVBOCAGE, DVMANOIR,
FLAVIE, FLAVIO.

FLAVIE.

Crispin ,

CRISPIN.

Madame ,

FLAVIE.

He bien l'affaire est-elle faite?

Il rentre.   **CRISPIN.**

Oüy Madame, & dans peu vous serez satisfaite.

FLAVIE.

C'est assez ,

DVBOCAGE.

Ce Garçon, paroit fort ingenu :
Ie l'ay veu quèlque part ,

FLAVIE.

Il vous est inconnu.

DVMANOIR.

Quel est-il ?

FLAVIE.

C'est Crispin vn rare personnage
Vn Flateur eternel , vn complaisant à gage :
Ie change exprez d'auis, dix fois en vn moment

Et dix fois le Flatteur est de mon sentiment,
En voulez-vous auoir le plaisir, tout à l'heure?
DVMANOIR.
Volontiers, rappellez-le : Est-ce iey qu'il demeure?
FLAVIE.
Il est à mon mary c'est son Surintendant
Son conseil, & son tout, mais vn fou cependant,
Qui s'empresse pour rien, & fait le necessaire
Crispin ,
DVBOCAGE.
Il n'entend pas ,
FLAVIE.
Il vient laissez-moy faire.

SCENE V.

CRISPIN, FLAVIE, FLAVIO,
DVBOCAGE , AMINTE , SAINTE-
HELENE , SAINTE - HERMINE ,
DVMANOIR

FLAVIE.

VOis-tu ton maître là , qui tort comme vn
valet
Meriteroit-il pas, Crispin, vn camouflet?
CRISPIN.
Oüy , ma foy ,

FLAVIE.
Par plaisir ie veux que l'on luy donne,
Diuertissons nous-en,

CRISPIN.
La piece sera bonne,

FLAVIE.
Luy mesme il en rira, ie croy comme vn perdu,

CRISPIN.
S'il n'en rit le premier ? ie veux estre pendu.

FLAVIE.
Non, ne luy donnons point, ie crains qu'il ne s'em-

CRISPIN.   (porte,
On souffre rarement vn affront de la sorte,

FLAVIE.
Sans doute, & i'essuyrois d'abord tout son courroux,

CRISPIN.
Il se reueilleroit enragé contre vous.

FLAVIE.
Ie resue, mon mary n'a pas l'ame assez basse
Pour prendre vn camouflet de si mauuaise grace.

DVBOCAGE.
Ce n'est qu'vne fumée, & qui ne dure pas,

FLAVIE.
Il n'est rien plus galand,

CRISPIN.
Sur tout dans les jours gras.

FLAVIE.
Il en rira, Crispin, donnons-luy sans scrupule,

CRISPIN.
S'il n'en creuet de rire il seroit ridicule.

DVMANOIR
Ce papier-cy, ie croy, ne sera pas mauuais.

SAINTE-HERMINE.
Les sçauez-vous donner ?

DVMANOIR.

I'en donne à mes Laquais.

FLAVIE.

Cachons donc les flambeaux, il ne verra perſonne.
S'il s'éueille du moins, ny celuy qui luy donne.

SAINTE-HELENE.

Que chacun gagne au pied,

DVBOCAGE.

L'on ſe retirera,

SAINTE-HERMINE.

Nous luy verrons donner, & puis chacun fuïra.

FLAVIE.

Ma fauorite, au moins à ce ſoir la partie :
Ma fidelle le ſçait ?

SAINTE-HELENE.

Oüy ! i'en ſuis auertie.

FLAVIE.

Ma bonne le ſçait ?

AMINTE.

Oüy,

FLAVIE.

Donnez le camouflet

DVMANOIR. *Flauio luy donne vn ſouflet.*

Cachez donc le flambeau, la peſte ? quel ſouflet?

ACTE VI.

FLAVIE ; FLAVIO , CRISPIN.

FLAVIE.

VOus dormez ?

FLAVIO.

Ie dormois & de la bonne forte

FLAVIE.

Qui s'attendroit à vous coucheroit à la porte.

FLAVIO.

Le fommeil à vaincu mon affiduité.

FLAVIE.

C'eft bien dit , mon argent me la-t'on apporté

FLAVIO.

Dans vne heure il fera fur voftre Toilette.

FLAVIE.

Que l'on n'y manque pas , du moins,

FLAVIO.

La chofe eft faite,

FLAVIE.

Car ie ne veux dormir que iufque à midy,
l'ay des affaires,

FLAVIO.

Bien,

FLAVIE.

Mais n'eft-il pas jeudy?

FLAVIO.

Oüy ,

FLAVIE.

FLAVIE.

Que l'on se retire, allons donc qu'on me couche

SCENE VII.

FLAVIO, CRISPIN.

CRISPIN.

Vous en venez d'auoir vne assez rude touche.

FLAVIO.

J'ay ie l'auouë, esté surpris du camouflet ?

CRISPIN.

Le souffleur en remporte vn assez grand soufflet,

FLAVIO.

Ie ne sçay comment, i'ay retenu ma rage,

CRISPIN.

Il est vray qu'on ne peut en souffrir dauantage.

FLAVIO.

Ie me vangeray? songe à ton deguisement.

CRISPIN.

Ie vay pousser Madame assez adroitement.

FLAVIO.

Elle est impertinente , & coquette,& ioüeuse
Auec tous ces defaus , ie la crois vertueuse,
Mais ie veux des Pipeurs r'auoir tout mon argent
Si ma femme vouloit dessus son Diamant,
Elle en emprunteroit, sept ou huit cens pistoles
Pour joüer auec eux , & ie prendrois mes droles.
I'iray tantost la voir exprez pour ce sujet

F

Et feray si i'ay , puis reüssir mon projet.
CRISPIN.
Pour avoir des Pipeurs , son argent & le vostre
Ce piege est bien grossier,
FLAVIO.
                        I'en retendray quelqu'autre,
Ou quelques fins qu'ils soient ils tomberont ie croy
Quand tu seras vestu, Crispin, auerty-moy.
CRISPIN *seul.*
Il faut vn billet doux, Comment diable le faire?
Le plus court est ie croy d'aller chez vn Notaire:
Mais on dit que l'amour fait auoir de l'esprit,
Si i'estois amoureux ie ferois cét écrit ;
Que ie le sois ou non, allons ie le veux faire,
Ie le feray peut-estre aussi-bien qu'vn Notaire:
Pour l'habit, s'il est riche , on me le loüera bien !
Habillons-nous de deüils cela ne couste rien :
Le crespe neuf est cher , il yroit trop du nostre
Le crespe repassé bouffe encor plus qu'vn autre ;
Ie feray mieux; allons mettre ce noir Atour
Et comme vn galant homme, allons faire l'amour?

Fin du Troisiéme Acte.

ACTE IV.

SCENE PREMIERE.

FLAVIO, AIME'E.

AYME'E.

C'Estoit, ce difii z-vous, des fripons, & des gueux
Madame a toûjours eu bonne opinion d'eux.

FLAVIO.

Leur procedé, sans doute, est tout à fait honneste:
Va le dire à ma femme, afin qu'elle s'apreste,
Puisqu'ils viennent joüer, à les bien receuoir ;
Et moy de mon costé ie feray mon devoir.

SCENE II.

COLIN, FLAVIO.

COLIN.

TOus ces Porteurs, sont là, Monsieur, auec leur
corde
Pour lier les joüeurs, & sans misericorde.

FLAVIO.

Ils n'executeront que mon commandement;

COLIN.

Quoy! parce qu'ils vouloient donner ce lauement;
Hier au soir à Madame, estes-vous en colere
Si Madame est fâché, à ne l'épargne guere?
Car il s'en vont venir,

FLAVIO.

Paix les voicy dêja,

COLIN.

Ils viennent pour jouër, mais ils ne jouëront-ja.

SCENE III.

DVBOCAGE, DVMANOIR, FLAVIO.

DVMANOIR.

AH! Seigneur Flauio,

FLAVIO.

Du meilleur de mon ame,
Ie vous suis,

DVMANOIR.

Nous venons diuertir vostre femme;
Le voulez-vous pas bien!

FLAVIO.

Ah! Messieurs trop d'honneur,
Ie ne suis rien icy que vostre seruiteur;
Et comme moy ma femme est fort vostre seruante,

DVBOCAGE.

Nous luy joüons beau jeu du moins,

FLAVIO.

Elle eſt contente.

DVMANOIR.

Mais elle vous attend pour joüer auec nous,

FLAVIO.

Ie ſuis de la partie,

DVBOCAGE.

Oüy,

FLAVIO.

Ie vais auec vous.

SCENE IV.

FLAVIO, AYMEE.

FLAVIO.

Ce ſont eux,

AYMEE.

Direz-vous qu'ils n'ont que de paroles,

FLAVIO.

Ils ont pris deuant toy chacun huit cent piſtoles?

AYMEE.

Oüy, Madame, & m'ayant rendu le Diamant,
Ta maiſtreſſe deuoit en vſer autrement;
M'ont-ils dit en riant, elle nous veut connoiſtre
Elle pretend par là nous éprouver peut eſtre:
Dy luy que nous joûrons contre-elle inceſſamment,
Que ſa parole vaut plus que ſon Diamant,

F iij

Que nous ne sommes pas gens à prester sur gage,
Que nous ne voulons pas retarder davantage,
Et que dans ce moment tous deux allons partir
Auec dessein formé de la bien diuertir,
Et luy faire offre encor de seize cent pistoles
Ce sont-là des effets, & non pas de paroles;
Vous les venez de voir entrer presentement,

FLAVIO.

Ie m'en vay les trouver dans vn petit moment;
Vien-t'en me rattacher les rubans de ma teste;

AYME'E.

Le cheval de Monsieur n'est pourtant qu'une beste;
Madame,

FLAVIO.

Il les va creuer d'vn si beau procedé,

AYME'E.

Tantost en parlant d'eux, si ie n'auois cedé;
Ie croy qu'il m'eust battuë à la fin,

FLAVIO.

Quelle joye,
I'auray de le confondre ! il faut que ie le voye;
Pour luy chanter sa game, & deuant ces Messieurs,
Qu'il a toûjours traitez de Filoux, de Pipeurs;
Il en aura l'affront,

AYME'E.

Mais tout du long de l'aune
Madame, il faut vn peu luy montrer son bec jaune;
I'entens quelqu'vn venir,

FLAVIO.

Sans doute, ce sont eux;
Ils me cherchent; vien donc me rattacher mes
noeuds,
Ie reuien sur mes pas icy leur rendre grace,
Et jouër auec eux,

AYME'E.
N'en estes-vous pas lasse?.

SCENE V.

COLIN, DAME ANNE.

DAME ANNE.

HE! qu'ont-ils donc tant fait ces deux pauvres
Colin?   Monsieur,

COLIN.
Ils n'ont rien fait c'est qu'ils sont des voleurs.

DAME ANNE.
Voleurs? dequoy,

COLIN.
D'argent ; mais on leurs a fait rendre,
Et ie croy que Monsieur ne les fera point pendre.

DAME ANNE.
Ah?que i'en suis fâchée, y sont si bonnes gens,

COLIN.
Monsieur,l'ur va bien-tost donner la clef des châps;
Partant bien que serien pendu par la justice
Car y son entaché d'vn autre malefice ;
Madame ne croit pas que soyen des voleurs,

DAME ANNE.
Non, à les ayme bien, on dit qui sont Pipeurs.

COLIN.
Y pipen don chez eux, ny moy,ny Dame Aymée

N'auon veu ny Tabac , ny pipe , ny fumée.

DAME ANNE.

Monsieur s'en va venir , allons rire là-bas ?
Veux-tu Colin ?

COLIN.

Ho non , ma mere ne veut pas,
Laisse-moy là ;

DAME ANNE.

Mais t'as si bonne mine.

COLIN.

Fy donc ,

DAME ANNE.

Monsieur vient ,

SCENE VI.

FLAVIO , DAME ANNE , COLIN.

FLAVIO *Les faisant retirer.*

Est-ce icy ta cuisine ;
Allons, Tout mon dessein a tres bien reüssi ;
Ie tiens, & mes Pipeurs, & mon argent aussi :
Ils vont dans vn moment sortir de là derriere
fort tremblans de la peur que ie leurs viens de faire.

SCENE VII.

FLAVIE, AYME'E, FLAVIO.

AYME'E *apercevant Flavio.*

C'Est Monsieur,
FLAVIE *à Flavio.*
Ie suis duppe,& i'abonde à mon sens?
Ie n'eus iamais le don de me connoistre en gens??
Et Monsieur Dumanoir,& Monsieur Dubocage
Enfin n'en estoient pas à leur apprentissage !
Ce n'estoient que de gueux,des fourbes,des pipeurs?
Vous deuiez dire encor que c'estoient de voleurs?
C'est tout ce qu'il menquoit à vostre calomnie ?
C'est estre prevenu d'vne estrange manie !
Des gens que vous voyez qui me donnét leur bien,
Sans vouloir assurance, escrit, gage, ny rien ;
Dites-moy s'il vous plaist,quel Demon vous inspire?
FLAVIO.
I'ay tort, ie le confesse , & ie n'ay rien à dire.
FLAVIE.
Se confesser coupable , c'est quelque chose encor.
Le Diamant ?
FLAVIO.
Ie l'ay ,
FLAVIE.
Les huit cent louys d'or?
Ils sont sur le tapis de la chambre où l'on joüe.

FLAVIE.

Vn procedé pareil me charme, ie l'auoüé,

FLAVIO.

On ne peut trop loüer de si beaux sentimens
Madame faites leur mille remerciemens ,
Ils ont & le cœur grand, & l'ame bien placée
Et tous deux ont agy bien loin de ma pensée,

FLAVIE.

En joüant auec eux , ie vay les en loüer ,

FLAVIO.

Ie pense qu'ils n'ont pas le loisir de joüer ,
Les voicy ;

SCENE VIII·

DVBOCAGE , FLAVIO , FLAVIE.

FLAVIE.

Ie ne sçay comment ie pourray le faire,
Pour vous remercier ,

DVBOCAGE *s'en allant.*

Il n'est pas necessaire.

FLAVIE.

C'est homme a tout l'honneur que l'on sçauroit

FLAVIO. (auoir

Vous n'en verrez pas moins à Monsieur Dumanoir.

SCENE IX.

DVMANOIR , FLAVIO , FLAVIE.

FLAVIE.

IE ne sçay de quel air, Monsieur, on peut repondre,
A vos ciuilitez

DVMANOIR *s'en allant.*
C'est vouloir nous confondre.

FLAVIE.
A-t'on iamais agy plus genereusement ?
S'enfuïr pour m'epargner jusqu'au remerciement?
He tout cela, Monsieur, fait voir vostre tenuë,
Et tous vos iugemens faits à la boule-veuë;
Nous avons leurs Louïs,

FLAVIO.
Oüy, je les vay conter,
Et Crispin aussi-tost vient vous les apporter.

FLAVIE.
Mais vous allez sortir,

FLAVIO.
Mais auant que ie sorte,
Vous les voulez auoir. *il sort.*

SCENE X.

AYME'E, FLAVIE.

FLAVIE.

Qu'eſt-ce qu'Aymée apporte?

AYME'E *tenant vne large letre
cachetée de noir.*

Ce n'eſt pas vn poulet, c'eſt vn coq d'inde noir,
D'vn Vicomte, ie croy, qui va vous venir voir.

FLAVIE *liſant le deſſus.*

A la belle Flauie,
Que i'ayme plus que ma vie.
La declaration eſt belle en cét endroit
Et ce large poulet marque vn galand adroit?

AYME'E.

Ie doute fort qu'aux lieux ou l'on vend la volaille
Il ſe trouve vn poulet d'vne ſi belle taille;

FLAVIE.

Il eſt meſme plié tout à fait galamment?

AYME'E.

Et ſa lugubre ſoye eſt miſe largement.

FLAVIE.

Voyons donc le dedans d'vn dehors ſi funeſte
C'eſt vn volume que cecy,

AYME'E.

Tredame, on peut bien dire icy,
Le Porteur vous dira le reſte.

FLAVIE

FLAVIE

Ce n'eſt doint par mon nom ny par ce billet doux
Que vous me pourrez connoiſtre ?
Mais s'il vous reſſouuient, d'avoir receu chez vous,
L'homme le mieux taillé , qu'aucun homme puiſſe
    eſtre ;
C'eſt moy , qui maintenant deſſous vn fort grand
    deüil,
Pour auoir trop eſté de l'humeur d'Alexandre,
Ne, porte plus qu'vn bras , qu'une jambe, & qu'vn
    œil :
Les trois membres pareils ſont demeurez en Flandre

AYME'E.

Trois membres ! quel mal-heur !

FLAVIE.

      Il eſt grand en effet

Elle continuë de lire.

Ie ſuis pourtant encor aſſez bien-fait ;
Si cinq cens Louïs d'or peuvent faire vne ſomme,
Qui vous faſſe repondre à l'ardeur de mon feu,
    Vous pourrez bien dire dans peu ;
    Que vous auez trouvez voſtre homme,
I'ay voüé c'eſt argent à vos charmans appas
    Si cette ſomme vous agrée ,
    I'avance, ne reculez pas.
Et puis qu'il a laiſſé dans la bataille en Flandre,
A ce qu'il mande au moins l'œil, la jambe, & le bras
Marqué de la façon, le connoiſtrez-vous pas?

FLAVIE.

Sans doute ce n'eſt donc que la moitié d'vn homme?

AYME'E.

Mais ſa ſomme eſt entiere , & c'eſt tout que la
    ſomme ,

               G

Et qu'importe pour luy qui ſoit entier ou non?
FLAVIE.
Il faut qu'il ſoit baſty d'une eſtrange façon?
AYME'E.
Il eſt encor trop bon pour ce qu'on en veut faire;
Qu'il ſoit comme il pourra, ce n'eſt pas-là l'affaire,
Mais que nous veut Dame Anne?

SCENE XI.

DAME ANNE, FLAVIE, AYME'E.

DAME ANNE.

Vn Monſieur eſt là-bas,
AYME'E.
Son nom?
DAME ANNE.
Il eſt manchot d'une jambe, & d'vn bras;
Et borgne encor d'vn œil,
AYME'E.
Vrayment c'eſt le Vicomte,
DAME ANNE.
Il ſe peigne là-bas, mais ie l'entens qui monte,
I'ay r'oublié ſon nom, c'eſt vn laid marcaſſin
Il eſt noir comm'vn Diable, & blond comm'vn
baſſin.

AYME'E.
Monſieur de Beauregard eſt vn fort honneſte
homme,
Dame Anne taiſez-vous ?

DAME ANNE.
C'eſt ainſi qu'il ſe nomme.

SCENE XII.

FLAVIE, AYME'E, CRISPIN
deguiſé ſous le nom de Vicomte de Beau-
regard, manchot, borgne, & vne jambe
de bois, & vn grand deüil.

CRISPIN.

I'Entrre ſans bruit, Madame, en ces lieux-cy ia-
mais,
Ie ne meine Cocher, caroſſe, ny Laquais ;
On ne peut voir là-bas de train, qui ne déplaiſe,
Coucheray-je ceans ? ie renuoiray ma chaiſe.

FLAVIE.

Non s'il vous plaiſt, Monſieur, ne la renuoyez-pas
Elle peut demeurer ſans ſcandale là-bas.

CRISPIN.

Ma chaiſe là-bas ?

FLAVIE.

Oüy,

CRISPIN.

Non la peste me tuë

Mon chiffre rend vn peu ma chaise trop connuë,

Si iamais on t'y vois ie veux estre tondu,

Elle est dans l'autre ruë ou ie suis descendu,

Et quand ie vais à pied la glissade est à craindre,

FLAVIE.

En c'est estat, Monsieur, que vous estes à plaindre?

CRISPIN.

Fructus Belli, Madame, éloigné de vos yeux,

Que i'ay cent fois nommé, & mes Rois & mes

Dieux ;

Les fauoris de Mars sont traittez de la sorte

Fructus Belli, voilà tout ce qu'on en rapporte,

Tel porte au champs de Mars, des iambes & des

bras

Qui comme vous voyez, ne les rapporte pas.

Vne iambe de bois, vn Moignon, l'œil de verre,

Fructus Belli, ce sont tous fruits de la guerre,

Que l'amour est puissant, & que des yeux si doux,

Mais dites franchement, me reconnoistrez-vous?

Tout trouvé que ie suis, vous me cherchez peut-

estre.

AYME'E.

Soyez vous donc?

FLAVIE.

I'ay peine à vous bien connoistre?

AYME'E.

Vous ne remettez pas Monsieur de Beauregard!

CRISPIN.

Vous n'auiez pas douze ans, que i'estois goguenard!

Et que i'estois bien fait, amoureux, comm'vn diable,

FLAVIE.
On connoiſt peu l'amour dans vn âge ſemblable.

CRISPIN.
Vous n'alliez pas alors vous chauffer à ſon feu,

AYME'E.
Nous commençions pourtant à nous ſentir vn peu,
Et prenions grand plaiſir à lire dans l'Aſtrée,

CRISPIN.
Pour ce ſujet auſſi, Madame fut cloiſtrée;
Voſtre oncle vous voyant y lire ſi ſouvent
Le ſcrupuleux Bigot, vous mit dans vn Couvent.

AYME'E.
Oüy, Monſieur le Vicomte à fort bonne memoire,

CRISPIN.
Ho Diable ie crains peu que l'on m'en faſſe accroire;
Qu'il a paſſé depuis d'eau deſſous le pont neuf?

FLAVIE.
Vour parlez de vingt-ans.

CRISPIN.
Auec encore neuf.

FLAVIE.
Ie n'en ay pas encor trente, ie vous aſſeure,

CRISPIN.
Vous en auez quarante, à fort bonne meſure.

FLAVIE.
Quarante ans? c'eſt piquer les gens au dernier point,

AYME'E.
Monſieur de Beauregard réve,

CRISPIN.
Il ne réve point

AYME'E.
Ce ſont contres,

CRISPIN.
Ce ſont des veritez certaines,

Iean de Vert estoit lors prisonnier à Vincennes;
Ce Van de ville-cy , ie pense estoit nouueau,
Il ne m' souvient pas des mots,mais l'air est beau,
　　　La, la, la, la, la, la,
　　　La, la , &c.
　　　Et leur redit encor ,
　　　Dedans leur Lanssemant ,
　　　Bec, bec, tout est frelore ,
　　　La Duché de, de, de, Milan.
Que les airs beguayez estoient pour alors agrea-
　　　bles ?
Ceux qu'on fait aujourd'huy sont tous si pitoyables:
Ah les Musiciens que l'on auoit aussi,
Estoient en ce temps-là bien autres que ceux-cy:
Mais il n'est plus icy question de Musique
Ny d'âge encor moins puisque cela vous pique,
Ie vous voy dequoy faire vn Arsenal d'appas
Et quatre magasin de ceux qu'on ne voit pas,
Les attraits de vos yeux & mon cœur... dans mon
　　　ame ,
L'amour que i'ay ... l'argent ... quand d'vne ardente
　　　flame ,
Voilà cinq cens Louïs que i'apporte en vn mot,
Car ie ne sçay point tant tourner au tour du pot,
Sans de propos d'amour , vous faire vne legende
Ne voyez-vous pas bien, ce que ie vous demande,
Et que mon pauvre cœur, qui vient de s'enflamer
Veut ... Enfin ce qu'il veut on ne le peut nommer,
Le deuinez-vous pas ,
　　　　　FLAVIE.
　　　　　　Comment vous m'osez dire,
Connoissant ma vertu ....
　　　　　CRSPIN.
　　　　　　Vous me faites bien rire ;

Voſtre vertu tiendroit contre cent Louïs
Non, Madame, ce ſont de ces coups inoüis ;
Qu'on voit fort rarement arriuer dans le monde,
   FLAVIE *luy jettant ſa*
       perruque bas.

Oüy, Monſieur ! ramaſſez voſtre perruque blonde,
C'eſt Criſpin. Ne dy mot ie vèux m'en divertir ,
   CRISPIN.
Cinq cens Louïs ſont beaux,
    FLAVIE.
     Mais peut-on conſentir,
A des choſes qui ſont d'vne telle impottance ?
Tout d'vn coup s'entraymer ſans faire connoiſſance?
   CRISPIN.
Et l'auons-nous pas faite ,
    FLAVIE,
     N'eſt-il pas vray ; mais encor ,
Faut-il ,
   CRISPIN.
  Il ne faut rien que ſe connoiſtre en or,
Prenez-le ,
    FLAVIE.
   Ie le prens, mais c'eſt vous ſeul que i'ayme,
L'or ne m'eſt rien ,
    CRISPIN.
    Cedez à mon ardeur extreme.
    FLAVIE.
Vous eſtes le plus fort, & des termes ſi doux ,
   CRISPIN.
Si ie ſuis le plus fort ie veux porter les coups.
    AYME'E.
Cela ſe pourra bien.
   CRISPIN.
   C'en eſt fait, ie ſuccombe ,
    G iiij

Vos yeux font dans mon cœur le fracas d'vne
    bombe,
Ah quel embrasement! je brûle il faut perir,
Hé viste, nul que vous ne me peut secourir.
       F L A V I E.
Mais vous vous tourmentez, comme vne ame dam-
    née,
       C R I S P I N.
Ah! si le feu prenoit dans voftre cheminée;
Ou que voftre maison fut en flame, ma foy
Vous vous tourmenteriez bien autrement que moy,
Tu sçais guerir les gens, mon Ange, sois moins
    fiere,
       F L A V I E.
Oüy, ie le sçay guerit de la bonne maniere,
Et sur tout quand ils sont maledes comme vous
Qu'on appelle Crispin, pour luy donner cent coups,
       C R I S P I N.
Moy battu d'vn faquin,
       F L A V I E.
          C'eft tout ce que merite,
Vn homme comme vous,
       A Y M E'E.
          Vous n'en ferez pas quitte;
Pour vos cinq cens Louïs, Monfieur Fructus Belli,
       F L A V I E.
Qu'on me donne vn bafton, ie vous trouues joly!
       C R I S P I N.
Ah! Madame; tout beau, vous frapez vn Vicomte,
       A Y M E'E.
Monfieur de Beauregard n'avez vous point de
    honte;
De tenter par argent vne femme d'honneur?

CRISPIN.

Tu fais la prûde auſſi ſervante de mal-heur.

AYME'E.

Comment ſeruante ;

CRISPIN.

A moy Laquais, Laquais, hé Page,

AYME'E.

Fais venir tout ton train, & tout ton équipage:
Fructus Belli tu dois receuoir tour à tour
Et des fruits de la guerre & des fruits de l'amour.

SCENE XIII.

FLAVIE, AIME'E.

FLAVIE.

CE maraut de Criſpin, Aymée

AYME'E.

     Il ſe faut taire,
Ce deguiſement-là cache quelque myſtere,
Mais l'effronté coquin !

FLAVIE.

     Mais qu'il eſt ingenu !
Car le ſot ne croit pas auoir eſté connu.

AYME'E.

Sa perruque eſt tombé heureuſement ; Madame
Car cinq cens Louis d'or, ébranlent bien vne ame;

Là, dites franchement, qu'eussiez vous fait enfin
Si ce Vicomte-là , n'euſt point eſté Criſpin ?

FLAVIE.

Il auroit emporté ſon argent , mais écoute
Comme celuy-cy vient de mon mary, ſans doute,
Qu'il a crû me tenter par là , ie te promets
Qu'il ſe peut aſſeurer de ne les voir iamais ;
Il ne pouvoit venir plus à propos , ie meure?
Il ſert fort au cadeau , qu'on verra dans une heure.

AYME'E.

Et qui fera grand bruit dans le monde ie croy,

FLAVIE.

Ie pretens bien auſſi faire parler de moy :
Mais c'eſt trop dêcouvrir, r'entrons que ie m'apprête
A terminer ce jour par cette belle fète.

Fin du Quatriéme Acte.

ACTE V.

SCENE PREMIERE.

FLAVIO, CRISPIN.

FLAVIO.

POur tes coups de baston i'en ay de la douleur,

CRISPIN.

Hé, les coups de baston ne me font rien, Monſieur.

FLAVIO.

Mais l'affront?

CRISPIN.

Encor moins, c'eſt vne bagatelle,

FLAVIO.

Tu n'auois pas aſſez bonne opinion d'elle :
Elle eſtoit peu d'humeur à ſuiure ton deſir,
Et tu t'es allez-là faire battre à plaiſir.

CRISPIN.

Iamait place pourtant ne fut mieux attaquée
Ie ne ſçay qu'elle ou quel t'on là piquée;
Quand elle prit l'argent, vous viſtes bien, ie croy
L'amour des ordonné qu'elle ſentit pour moy,

Que d'abord ſon ardeur alla iuſqu'à l'extreme,
Et qu'elle me donna de l'amour à moy-meſme;
Si fort que i'y doutay comme elle m'auoit mis,
De pouvoir vous tenir ce que i'avois promis.

FLAVIO.

C'eſtoit pour attraper ton argent pauvre buſe.

CRISPIN.

Elle en tenoit, Monſieur, ie vous demande excuſe,
Elle faiſoit des yeux de Merlan, par ma foy
Elle eſtoit deuenuë amoureuſe de moy;
Dequoy Diable ſert-il de déguiſer l'affaire,

FLAVIO.

Mais l'argent ?

CRISPIN.

Ho l'argent, ie n'y ſçaurois que faire.

FLAVIO.

Tu ſçais bien qu'elle & moy nous avons arreſté
Que ie la laiſſerois ce ſoir en liberté ;
Et que nous coucherions peut-eſtre chez mon frere,

CRISPIN.

Oüy, vous luy dites bien, mais vous ferez le con-
traire.

FLAVIO.

Tu l'as-dit, ie veux voir ce qu'on voit rarement
Des femmes en débauche, & qui fort librement,
Se diſent leurs ſecrets, & qui n'ont nulle honte
De dire de bon mots, & de faire vn bon conte;
Ie vay pour ce ſujet m'emparer tout ce ſoir
D'vn lieu d'où nous pourrons, tout entendre & tout
voir.

SCENE

SCENE II.

DOCILE, FLAVIO, CRISPIN.

DOCILE *fort émeû.*

A^H!

FLAVIO.

D'où sortez-vous donc effrayé de la sorte,

CRISPIN *se laissant choir de frayeur.*

Monsieur, que de bon cœur le diable vous emporte.

DOCILE.

Ah ! mon neveu ! ie suis vn homme confondu.

FLAVIO.

Comment ?

DOCILE.

Mon œil a veu, mon oreille entendu !
Mais enfin, ie ne croy mon œil ny mon oreille
Ie ne sçay si ie dors, ie ne sçay si ie veille ;
Ma niéce est vn Demon, i'ay veu la verité
I'ay veu vostre innocence, & sa méchanceté,
Lors que i'esperois bien voir dequoy vous con-
    fondre,

FLAVIO.

Où vous estes-vous mis ?

DOCILE.

Ie ne vous puis repondre,
I'estois cachez,

H

FLAVIO.
Ma s ou ? ne le puis-je ſçauoir:

DOCILE.

Dans ce lieu d'où i'ay pû tout entendre, & tout voir.

FLAVIO.
Vous l'auez obſeruée, enfin vous l'auez veuë.
Voſtre pauvre brebis,

DOCILE.

Ah ! c'eſt vne perduë,
Aymée eſt vn ſerpent dont le Demon ſe ſert,
Et toutes deux enfin ſe damnent de concert :
I'ay crû par ſon repport, & ſa pieté feinte
Que ma niéce viuoit comme v't vne ſainte ;
Que d'argent elles m'ont conſommé toutes deux
Sous ombre d'en aider de pauvres mal-heureux!

FLAVIO.

Souhaittez-vous du bien !

DOCILE.

Non, ie ſuis aſſez riche

FLAVIO.

Ma femme vient icy, rentrer dans voſtre niche,
Ie vous y joins, allez.

SCENE III.

FLAVIE, AYME'E, CRISPIN, FLAVIO.

FLAVIE.

Que veut dire cecy ?
Comment ? Crispin & vous, éftes encor icy ?
Si vous ne me laiſſez en liberté; ie meure....

FLAVIO.

Sans courroux, s'il vous plaiſt, nous ſortons tout à
    l'heure,
Vous ne nous rencontrez icy que par hazard.

FLAVIE.

Soupez chez voſtre frere, & reuenez fort tard ;
Nous ferons tout au moins iuſqu'à minuit enſemble
Mes couſines & moy, meſme encor ſi me ſemble,
Que quand elles viendront coucher icy, ie croy
Que l'on ne chaſſe pas le monde de chez ſoy.

FLAVIO.

Nous allons donc ſouper, & coucher chez mon
    frere,

FLAVIE.

Allez Monſieur, allez, vous ne ſçauriez mieux faire.

FLAVIO.

Diuertiſſez-vous bien ,,

FLAVIE.

Nous le ferons aussi,
Vous n'auez seulement qu'à n'estre pas icy.

CRISPIN.

N'aurez-vous point ce soir besoin de moy, Madame?

FLAVIE.

Non, va te promener,

CRISPIN.

I'y vais.

SCENE IV.

FLAVIE, AYMEE.

AYMEE.

Ah! la bonne ame!
Ie viens de preparer vostre mets surprenant
Dedans vn grand bassin,

FLAVIE.

Fort bien, mais cependant
Ie ne croy pas, Aymée, estre encor à te dire
Que nous voulons vn peu goinfrer, chanter, & rire,
Et qu'il faloit auoir quelques petits ragouts
Qui nous fissent du moins boire deux ou trois coups,
Qu'as-tu donc preparé!

AYMEE.

D'vn vin de Bar-Sur-Aube,
Et du vray saint Thierry; d'vn Dindon à la daube,

Auec des pieds de Porc à la sainte Menehou,
Vn saucisson : mais ou voulez-vous manger?
FLAVIE.

Ou!

En ce lieu mesme, Aymée, & vous ferez en sorte
Qu'on ne fasse qu'vn plat, & que l'on nous apporte,
La table toute preste, & verre, & vin dessus
Qu'on ressorte aussi-tost, & qu'on ne r'entre plus,
Afin que nous puissions librement, & sans peines
Si le cœur nous en dit parler de nos fredaines;
Pour le plat que tu sçais, que j'en va les rauir,
Quand ie t'appelleray ; tu viendras le seruir;
Auecque l'hypocras , les eaux, la limonade
Mais comme ie t'ay dit, sans basset, ny parade,
Il est tard , toutes trois deuroient bien estre icy;
AYMEE.
I'entens quelqu'vn là-bas , ie croy que les voicy.
FLAVIE.
Dame Anne ouvre à chacun,
AYMEE.
Elle n'a garde, diantre
FLAVIE.
Mais redy luy, sur tout, que qui que ce soit n'entre,
Les voicy , laissez-nous.

SCENE V.

SAINTE-HERMINE, SAIN-
TE-HELENE , AMINTE , FLAVIE,
FLAVIO, DOCILE, CRISPIN
cachez.

FLAVIE.

Ie brûlois de vous voir.
AMINTE.
Enfin vous voulez donc nous regaler ce soir ?
FLAVIE.
Ie n'ay pas entrepris de vous faire grand chere
Mais nous rirons du moins si nous ne mangeons
guere ,
Chacun est libre icy, car i'ay de grands soins;
Pour nous y voir ce soir, seules & sans témoins.
SAINTE-HELENE.
Vous auez fort bien fait,
SAINTE-HERMINE.
Oüy , seules on respire,
Et l'on peut hardiment dire le mot pour rire.
FLAVIE.
Nous no us diuertirons toutes quatre assez bien,
Auant h ier que fis-tu ?

A M I N T E.

      Qui moy ? ie ne fis rien.

F L A V I E.

Toy , ie ne te vis point Dimanche, ma fidelle.
Nifon voulut t'avoir ?

S A I N T E-H E R M I N E.

      Oüy, ie fouppay chez elle,
Et l'on joüa le foir à mille petis jeux.
A la comparaifon, aux voleurs,

A M I N T E.

      Ils font vieux.

S A I N T E-H E R M I N E.

Oüy ceux-là le font tous, mais ie m'en vais vous
    dire
Vn jeu qui nous plût fort, & qui nous fit bien
    rire ;
Vn Homme qui fans doute en auoit de nouveau
Nous fit toutes joüer au jeu des animaux ;
L'on en prend trois fâcheux, ou bien trois agreables,
Chacun nomme les fiens , & les plus raifonnables
Montrent-là leur efprit, partant contre, ou pour
    eux
Comme chacun nommoit trois animaux fâcheux ;
De tous les animaux les plus fâcheux ie penfe,
Et les trois qui le plus font perdre patience ,
Qui fur les plus fâcheux, dis-je emporte le prix,
Ce font les oncles,

C R I S P I N caché.

    Bon,

S A I N T E-H E R M I N E.

      Les Peres, les Maris ,
Mais les Maris fur tout, car le plus agreable
Deuient bien l'animal , le plus infupportable.

ANINTE.

Ce sont tous nos Tyrans,

SAINTE-HELENE.

            Vous rencontrâtes bien,

SAINTE-HERMINE.

Si bien que les Maris seruirent d'entretiens,
Qu'on quitta tous les jeux, & que cette matiere
Seruit à les dauber d'vne étrange maniere.

SAINTE-HELENE.

Quand on prend vn mary ce n'est pas pour l'aymer,

FLAVIE.

Vrayment non, l'on le prend pour se faire estimer
Dessous ce nom de femme, & faire nos affaires
Pour nous fournir enfin cent choses necessaires;
Et nous donner l'argent, dont nous auons besoin,

AMINTE.

On ne prend vn mary que pour avoir ce soin.

FLAVIE.

Mon Mary pour cela vaut bien autant qu'vn autre,

SAINTE-HERMINE.

Nos maris ne sont pas bastis comme le vostre,

FLAVIE.

Le mien pour vne beste est des mieux façonnez,

CRISPIN *caché.*

Monsieur,

FLAVIE.

        Ie puis par tout le mener par le nez,
C'est le beau procedé des galans qui me touche,
C'est pour eux seuls qu'icy l'on doit ouvrir la
bouche.

SAINTE-HERMINE.

Il est vray qu'ils nous font gouster tous les plaisirs
Ils vont mesme souvent au deuant des desirs:
Le Bal, les Violons, le Cadeau, la Musique,

Nous les voyons enfin mettre tout en pratique,
Pousser à nos genoux des soupirs tout de feu ;
Le moyen lors qu'vn cœur ne s'attendrisse vn peu?
Qu'il puisse estre de glace au milieu de leur flame !
Ils ont vn air touchant, vn abord qui prend l'ame,
Enfin ce n'est que soin, que transport & qu'ardeur.

FLAVIE.

Demeurons donc d'accord qu'vn Galant touche au
        cœur,
Et qu'en tous lieux ils sont tellement en vsage
Qu'vn Mary fait par tout vn fort sot personnage.

CRISPIN *caché.*

Monsieur,

SAINTE-HELEHE.

    Les pauvres gens ! c'est fait d'eux, car enfin
Les femmes à present ont toutes le goust fin.

FLAVIE.

Mais à propos de goust mes cousines, ie pense?
Qu'il est temps de manger, qu'on serue en dili-
    gence.

SAINTE-HERMINE.

Les cornets suffiront auec de l'hypocras,
Car la viande me fuit,

SAINTE-HELENE,

        L'on n'en mangeroit pas.

SCENE VI.

AYME'E , FLAVIE , SAINTE-HER-
MINE, SAINTE-HELENE, AMINTE,
DOCILE, FLAVIO, CRISPIN
caché.

AYME'E.

IL faut nous réjoüyr , que nous allez - vous
  dire ?

SAINTE-HERMINE.

Nous ne laisserons pas de chanter & de rire,

FLAVIE.

Sers nous donc les cornets auecque l'hypocras.

AYME'E.

Et quand seruir la viande ?

FLAVIE.

Elles n'en veulent pas.

AYME'E.

Vrayment vous voilà bien , tout est prest l'on se
  tuë ,
Il est Ieudy, voilà de la viande perduë.

AMINTE.

Aymée est en colere ,

AYME'E.

On prend aussi des soins,

Pour vous bien regaler,

AMINTE.

L'on n'en rira pas moins.

FLAVIE.

Ste. Hermine, Ste. He-
lene, éclattent de rire
du dépit d'Aymée.

Apporte nous icy ce que l'on te demande
Et va pleurer plus loin la perte de ta viande,
Eſt - ce que toutes deux vous vous mocquez de
    moy,

AMINTE.

Elle créue de rire, & ie ne ſçay dequoy.

SAINTE-HELENE.

Ie ris de ſon chagrin, elle ſe deſeſpere.

SAINTE-HERMINE.

Moy, ie ris du diſcours, qu'elle luy vient de faire.

SCENE VII.

On apporte vne table.

AYME'E, AMINTE, FLAVIE,
SAINTE-HELENE, SAINTE-
HERMINE, FLAVIO, DOCILE,
CRISPIN

AYME'E.

Là, voilà vos cornets auec voſtre Hypocras.

AMINTE.
Il ne faut que celà,
FLAVIE.
Va-t'en,
AYME'E.
Le beau repas,
Pour faire tant d'appreſt !
SAINTE-HERMINE.
Elle ne ſe peut taire,
FLAVIE.
Allons, approchons - nous,
AMINTE.
Voicy bien mon affaire.
FLAVIE.
Aymes-tu l'hypocras, ma bonne !
AMINTE.
He ! qui le hait !
FLAVIE.
Ce n'eſt pas moy,
SAINTE-HELENE.
Ny moy,
SAINTE-HERMINE.
I'en boy comme du lait.
AMINTE.
Nos Argus à preſent ſçavent-ils où nous ſommes?
FLAVIE.
Qu'ils le ſçachent ou non, laiſſons ces vilains hom-
mes,
Vn ſi long entretient ne peut qu'eſtre ennuyeux,
SAINTE-HERMINE.
A moins que de chanter quelque chanſon contr'eux.
FLAVIE.
Ah ma foy ie le veux ; puiſque le ſujet s'offre,
I'en vay dire vne moy qui chante comm'vn coffre.
CHANSON.

COMEDIE.

CHANSON.

A quoy seruent les Maris
Quand on à des Favoris ?
Chantons toutes à la ronde,
Pour ne nous pas ennuyer,
Le meilleur Mary du monde ;
N'est iamais bon qu'à noyer.

CRISPIN caché.

Monsieur ,

SAINTE-HELENE.
Elle à raison ,

AMINTE.
Faites nous donc paroiſtre,
Ce Mets si surprenant ,

SAINTE-HERMINE.
Qu'est-ce que ce peut eſtre.

FLAVIE.
Servez les abricots , & le Mets surprenant
On va vous le seruir mais chantons cependant.

CHANSON.

Les galans touschent ou cœur
Bien mieux que cette liqueur :
Leurs petits soins prennent l'ame,
C'est toujours regal nouveau,
Et iamais homme à sa femme,
Ne donna Bal, ny Cadeau.

SCENE VIII.

AYME'E *apporte vn baſſin plein de Louïs d'Or. Les coquettes.* FLAVIO, DOCILE, CRISPIN *caché.*

FLAVIE.

Mes Dames, ce Mets-là peut-il vous ſatisfaire?
SAINTE-HELENE.
Eſt-ce vn enchantement ?
ANINTE.
Quoy ? des Louïs, ma chere?
SAINTE-HERMINE.
Vous auiez bien raiſon de nous vanter ce plat.
SAINTE-HELEHE.
Il attache la veuë.
AMINTE.
Ah ! le charmant éclat ?
SAINTE-HELENE.
Ah ! que ſa viſion eſt vn heureux preſage ?

SAINTE-HERMINE.

Pour en auoir vn peu l'on met tout en vſage.

AMINTE.

Il n'eſt rien auec luy dont on ne vienne à bout

SAINTE-HELENE.

Rien ne refiste à l'or, c'eft vn paffe par tout.

SAINTE-HERMINE.

C'eft vn metal charmant, mais il eft fi farouche,
Qu'on ne le peut toucher !

FLAVIE.

Ho! celuy-cy fe touche,
Et s'empofche de plus ,

AMINTE.

S'il eft de moy touché,

FLAVIE.

Mais on ne là feruy que pour eftre empofché,
Ie fçay que vos Maris ne vous en donnent guere.
Et qu'enfin toutes trois vous en auez affaire,
Ma fauorife allons ,

SAINTE-HELENE.

Ie ne touche point là ,

FLAVIE.

Ma Fidelle, ma bonne, à quoy fert tout cela,
Ma fauórite, allons, cela me des-oblige
Prenez donc ,

SAINTE-HELENE.

Prendrons nous ,

FLAVIE.

Oüy vous, prenez tout vous dis-je,
S'il en refte ie crains qu'apres vn tel repas ,

SCENE IX.

FLAVIO, DOCILE, CRISPIN, AYME'E, *Les Coquettes.*

FLAVIO.

NOn, non, ne craignez rien, il n'en restera
pas,

FLAVIE.

A quoy bon s'il vous plaist cette entrée insolente?

FLAVIO.

On va vous l'expliquer, Madame l'impudente.

FLAVIE.

Helas ! ie suis trahie ! Ah qu'est-ce que ie voy?
Mon Oncle !

DOCILE.

Oüy serpent,

FLAVIO *r'entrant auec les Loüis.*

Ces Loüis sont à moy.

DOCILE.

Oüy tout est decouvert, tison d'Enfer, perduë,
Esclaue du Demon, te voilà confonduë !
A quoy donc t'on seruy dix mille francs ? à quoy?
Dy ?

AYME'E.

Le vent du Byreau n'est pas trop bon pour moy!

Comme i'auois ce soir droit de gouster aux saulses
I'ay pris de la meilleure, il faut tirer nos chausses.

DOCILE.

On en a retiré huit mille des Pipeurs,
Qui vont estre pendus comme fameux voleurs.

CRISPIN *à Aymée qui sort.*

Voilà du changement, ma pauvre, agonizante,
Si i'en suis crû, ta mort ne sera pas si lente.

SCENE DERNIER.

FLAVIO *revenant,* DOCILE, CRISPIN, *Les Coquettes.*

FLAVIO.

Mes Dames descendez, vous pouuez desormais,
Vous dire toutes quatre vn adieu pour iamais.
Vos Maris sont là-bas.

SAINTE-HERMINE.

Ah qu'elle est leur enuie.

DOCILE.

De vous faire ie croy, mener vne autre vie,

Si loing d'eux, qu'ils n'yront vous ennuyer.
FLAVIO.
La plus part des Maris ne font bons qu'à noyer.
DOCILE.
Vous pouvez dire adieu, mes honneftes parentes
A la debauche, aux jeux , aux chanfons, aux cou-
à Flavie.   (rantes.
Pour vous voftre Mary va faire fon deuoir,
####### SAINTE-HELENE *à Flavie.*
Où nous vont-ils mener ?
FLAVIE.
He ! qui peut le fçauoir ?

CRISPIN *chantant.*

Refpondez à vos coufines,
Qu'elles vont , qu'elles vont ,
aux Fueillantines.

SAINTE-HERMINE.

Helas !

Elles partent   SAINTE-HELENE.
chacune leurs   Helas !
mouchoirs fur   AMINTE.
les yeux.   Helas !

FLAVIE.

Helas ! quel traittement !

FLAVIO.

Ce n'eft que pour changer le diuertiffement ,
On chante là les airs tout d'vne autre maniere.

SAINTE-HERMINE.

Qu'elle colation !

SAINTE-HELENE.

Ah ! qu'elle est singuliere ?

AMINTE *à Flauio & Docile.*

Ah ! quel mal-heur pour nous, si vous n'estes
touchez,

CRISPIN.

Ah ! quel bon-heur pour nous de pleurer vos pe-
chez ?

SAINTE-HERMINE.

Vn Cloistre ,

DOCILE.

Il faut montrer vne ame plus constante,

CRISPIN.

La Scene des mouchoirs n'est pas la moins plai-
sante.

DOCILE.

Allons, c'est assez rire & pleurer dans ce lieu,

SAINTE-HERMINE.

Adieu chere Cousine ,

SAINTE-HELENE.

Adieu Cousine ,   *Elles sor-*

AMINTE.   *tent.*

Adieu.

FLAVIO *à Flavie.*

Vous prendrez dez demain le chemin d'Italie,

FLAVIE.

Moy !

FLAVIO.

C'est ou ie pretens guerir vostre folie.

FLAVIE.

Que ie fois à Paris dans vn Cloiftre pluftoft
Mon cœur;

CRISPIN.

Ce n'eft pas là la Chanfon de tantoft.

FLAVIE.

Faut-il aller fi loing languir dans la fouffrance,

CRISPIN.

Monfieur nous pourra là prefter fa patience.

FLAVIE.

Ah ! vous auez eftez le meilleur des maris

CRISPIN.

Oüy,

FLAVIE.

Pour vous contenter ie veux bien à Paris
Eftre entre quatre murs;

CRISPIN.

Mais c'eft vne folie,
Quatre murs à Paris, ou quatre en Italie,
C'eft toûjours quatre murs,

FLAVIE.

Oüy, mais l'éloignement,

FLAVIO.

Allons Madame, allons, plus de raifonnement,

CRISPIN *seul.*

Don, là, point de quartier, voilà comme il faut
   eſtre
A cét emportement, ie reconnoy mon maiſtre
Oüy, c'eſt eſtre homme, là, que de n'écouter
   rien ;
Il ſe vange vn peu tard, mais il ſe vange bien ;
Toutefois ie demande à tous tant que vous eſtes,
Grace, pour les Pipeurs, & les femmes Coquettes.

FIN.